Apophis: 23 avril 2029

Alain René Poirier 10.09.1947/08.12.2026   Auteur instincvitiste

American Best Seller

Apophis: 23 avril 2029

AMERICAN BEST SELLER.

© 2019, Poirier, Alain René
Edition : Books on Demand,
12/14 rond-Point des Champs-Elysées, 75008 Paris
Impression : BoD - Books on Demand, Norderstedt, Allemagne
ISBN : 9782322188642
Dépôt légal : novembre 2019

Apophis: 23 avril 2029

APOPHIS : 23 AVRIL 2029.

ROMAN

Alain René Poirier 10.09.1947/08.12.2026   Auteur instincvitiste

American Best Seller

Apophis: 23 avril 2029

À George* et à Gaston** qui consentent à me laisser du temps pour écrire mes petites conneries

Merci au Rock'n'roll et aux plaques de Tesla support de mon mental pour stimuler mon immunité et circonscrire les velléités impérialistes de George et de Gaston.

---

*George mon cancer de la thyroïde, merci à Tchernobyl
**Gaston mon cancer du rein récidiviste, merci aux additifs

Alain René Poirier 10.09.1947/08.12.2026   Auteur instincvitiste

American Best Seller

Apophis: 23 avril 2029

1

C'était un putain de jour presque comme les autres. Des gus du comité de soutien, des chrétiens à l'âme généreuse, d'autres par une bonne action se sentant l'urgence d'obtenir un sauf-conduit, leur ouvrant les portes du paradis, organisaient une soirée au profit des victimes de la tuerie du 16 septembre 2013, au Naval Sea Systems Command du "Washington Navy Yard".

Sous la présidence de l'ex-secrétaire à la défense d'Obama*, ancien sénateur républicain du Nebraska, libertarien convaincu, M. Charles Timothy Hagel himself.

Le Keegan Theatre, 1742 Church Street, son hôte ce soir, plein comme un œuf. Les cravates s'inclinaient devant les robes de soirée, les tatouages tentaient leurs chances auprès des piercings, des boutonneux invitaient des bagues d'orthodontie. Ces soirées sont aussi prétexte au brassage social, un fan de Bluegrass dansait avec une Country, un hard-rocker secouait une rockabily, un costume cravate osait tout auprès d'une Gothique. La sauterie battait son plein, les dollars changeaient de mains.

Les jours où l'on solde les bonnes consciences, c'est fou le

---

*Barak Hussein Obama métis de Barack Obama Sr et de Ann Dunham. Premier président noir pour les USA, aurait été le premier président blanc en Centre-Afrique... comme tous les métis 50% noir, 50% blanc... tout dépend du point de vue.

nombre de gus prêts à bondir sur l'occasion. Ça se précipite, ça arrive en masse. Endimanchés, rasés de frais pour certains, épilées de la veille pour apaiser les rougeurs pour d'autres, empestant la lotion masquant leurs odeurs naturelles, ils s'étaient pointés dans cette rue d'ordinaire calme, l'escarcelle garnie des dollars nécessaires à l'achat des indulgences.

Church Street, voie bordée d'arbres, où se perchent des piafs taquins qui visent le quidam en veste de costume passant dessous, pour lui fienter sur l'épaule. Des piafs qui rêvent de chier plus haut que leurs cloaques. Ils espèrent le Graal, voir passer en aplomb des gus portant queues de pies et chapeaux hauts-de-formes. Des piafs pas cons, capables de calculer la vitesse de déplacement de la cible, la direction et la force du vent, déterminant la résultante pour s'anticiper l'ouverture du sphincter.

Church Street dont le sens unique, auquel s'ajoutait l'interdiction faite aux camions de plus de "One Ton and Half"*, participaient en temps ordinaire à la quiétude de ses riverains.

À l'église, au temple, pour entrer un signe de croix. Ici, c'est un billet à l'effigie de Benjamin Franklin qu'il fallait sortir du portefeuille. C'est le sésame offrant un laissez-passer pour prendre du bon temps, avec la bonne excuse de l'âme généreuse.

L'œuvre caritative avait pour but de recueillir des fonds. Dollars destinés à venir en aide aux familles endeuillées par le geste fou d'Aaron Alexis. Alexis cet Afro-américain, Texan de Fort Worth, ancien réserviste de la Navy. Les dollars, cette potion magique d'ici. Ils atténuaient la douleur d'avoir perdu un être cher, plus nombreux celle d'un être très cher.

Le thème choisit pour l'animation d'aujourd'hui:
-musiques Portugaises et Brésiliennes.

À l'entrée, sur un tableau au coin enrubanné de noir, la photo, suivit de son nom, de chacune des douze innocentes victimes. En dessous, plus modeste, écrits en petit, celui des huit blessés.

*(1524 kg)

Apophis: 23 avril 2029

    Ce rappel du sens donné à la soirée incitait préalablement à un moment de recueillement, de souvenir.
    La musique portugaise ouvrant la commémoration exprimait cette mélancolie particulière associée à l'espoir.
Un choix judicieux...
Un sentiment spécifique...
Saudade,
une expression sans équivalent dans notre langue.
    -Loucura, par Mariza,
    -Uma Casa Portuguea, par Amália Rodrigues,
    -Canoas Do Tejo, par Carlos Do Carmo,
    -Fado do Arco, par Herminia Silva,
    -Povo que Lavas no Rio, par Maria da Fé...
    Ces fados ouvraient musicalement l'événement.
    Ce moment préparatoire où les mandibules mastiquaient quelques en-cas très salés, offerts au bar. En-cas déclenchant l'envie de boire, d'étancher sa soif, amorçant la pompe à dollars. C'est aussi le moment calculé pour permettre aux esseulé de lier connaissances, aux accompagnés de réfléchir à des possibilités d'échanges.
    Le paon fait la roue, le pigeon se gonfle le jabot, l'homme des soirées caritatives se fend de largesses pour émouvoir celle qu'il cherche à séduire. Il se dégonfle le portefeuille.
    L'ambiance Brésilienne euphorisante qui suivait portait à la générosité. Se succédaient :
    -Gilberto Gil,
    -Caetano Veloso,
    -Joao Gilberto,
    -Karol Conka,
    -Meta Meta,
    -Thiago França...
    Le comptoir du bar, dressé à cette occasion, restait garni de clients. Ils picolaient pour la bonne cause. Le tiroir-caisse ne

refroidissait pas.

Sur les tabourets s'écrasaient majoritairement des fessiers masculins. Gus plus prompts à enserrer leurs verres, qu'à coordonner leurs arpions sur les rythmes proposés, à se trémousser en cadence le croupion, en compagnie de dansantes cavalières.

Deux femmes, la trentaine esseulée, se laissaient envahir la tête de bulles de brut Korbel rosé, ce champagne californien de Guerneville. Elles tentaient d'oublier ces Hidalgos enserrant, sur la piste des corps-à-corps possibles, des rivales plus chanceuses.

Des dragueurs, à l'affût de proies suffisamment imbibées d'alcool, guettaient les premiers signes pour partir en chasse. Ils frétillaient déjà à l'idée de ramener quelques belles prises dans leurs tanières. L'espoir permet le rêve. L'idée est belle avant qu'elle ne soit terrassée par la réalité. Le mental aime se mentir, enjoliver, transformer son loser en héros.

Ces prédateurs attendaient le moment propice. Moment qui pour beaucoup restait toujours à venir. Pour patienter, laisser à l'alcool le temps d'inhiber le cerveau des cibles, de laisser le reptilien prendre le dessus, de rendre ces convoitées moins farouches, plus vulnérables à leur manque de courage, ils se livraient à des commentaires faciles, sur les physiques, les attributs. Ils élisaient Miss siliconée, Miss seins sur les genoux, Miss vergetures, Miss broussaille de la touffe, Miss moustache de sapeur, Miss saute au paf. Ne manquait à leur cérémonie que Miss pas pour toi.

Par chance, leur courte vue leur épargnait de distinguer leurs propres silhouettes dans la glace. Dommage de louper l'élection de M. râteau lorsqu'on en est le lauréat.

De faux blasés, surjouant les désabusés. Les vannes salaces allaient bon train. Tout y passait, le nez trop grand, les oreilles décollées, les seins tombants, ceux absents... Chez celle-ci, le cul si gros que pour le contenir il faudrait élargir le dôme du Capitole*.

*Le Capitole des E.U. où siège le Congrès. Il comporte un système de transport intégré, inauguré en 1909 : le métro. 3 lignes, 6 stations permettent de relier les différentes salles du Capitole.

Apophis: 23 avril 2029

Chez cette autre, le bourrelet de taille si volumineux que les six stations de métro du Congrès seraient insuffisantes pour en faire le tour. Chez une autre encore, les jambes en poteaux plus épais que les colonnes corinthiennes de son arboretum*.

Le cul vissé sur leurs sièges, ils surveillaient du coin de l'œil les femmes convoitées lorsqu'elles dansaient en solo. Dans l'attente d'un sursaut de courage pour passer à l'abordage, les quolibets continuaient de fuser, les verres d'alcool essayaient d'aider à trouver de l'audace.

Souvent, pour ne pas dire toujours, un gus plus impatient, plus motivé, plus tenaillé par ses hormones, leur coupait l'herbe sous le pied. Il invitait celle espérée par l'attentiste, se lançant avec elle, sous son nez, dans un corps-à-corps qui échauffait ses sens.

Nos dragueurs potiches, ratant une fois de plus l'occasion de se déniaiser, se consolaient par le coup des raisins trop verts, cette fable devenait leur excuse. La peur de se voir éconduits avait une fois de plus retardé leur entreprise. Des losers génétiques, des habitués des râteaux, aux réflexes pavloviens inconscients.
La fierté mal placée.

Comme de pitoyables cons, ces tenants de "elles ne sont pas assez bien pour moi", se finiront à la main sur Youporn. Il leur faut bien trouver un plan B, à défaut de plan cul. Ils doivent s'apaiser les tensions, se vider la fabrique à flagelles fécondateurs d'ovules. Même les moins avenantes n'ont pas voulu d'eux. Leur étape suivante la poupée gonflable, pour atteindre l'étape ultime de la descente aux enfers des sens.

Ana, Mary sa collègue de bureau au CNeoS, et Naej-ass, amant de Mary, venaient d'arriver. Ana fan de la musique Brésilienne, musique ayant bercé son enfance, avait proposé à Mary de l'accompagner à cette soirée.

Cet arboretum national des États-Unis est situé à Washington exploité par le département de l'Agriculture du Service de recherche agricole en tant que division du Centre de recherche_ Henry A. Wallace Beltsville. Sa création date de 1927 après une campagne menée par le botaniste Frederick Vernon Coville.

American Best Seller

Ana attirée aussi par le côté caritatif, avait voulu participer à la soirée. Mary avait précisé qu'elle viendrait avec son ami. Mary sautait sur toutes les occasions de se montrer avec Naej-ass.

Tu peux inviter ce garçon, pour moi en tout bien tout honneur, avait précisé Ana. Mary moins farouche n'avait surtout pas mis de préalable.

Mary divorcée depuis des années vivait avec sa fille. Elle avait été une amie de Dany. Sa meilleure amie disait d'elle, Dany.

Avant le suicide de Dany, femme de Naej-ass, Mary consolait parfois de ses déboires conjugaux, puis de plus en plus souvent, le garçon. Le couple battant de l'aile, Dany se trouvait peu motivée pour accomplir ses devoirs d'épouse. Naej-ass ayant quitté l'école après son High School Graduation*, était nostalgique des études qu'il avait dû interrompre, suite à un accident de queue. Il ne supportait pas de bâcler ses devoirs. Mary aidait Naej-ass pour ses cours de rattrapage du soir, le motivait à rendre ses copies à l'heure. Elle l'aidait pour ses devoirs en différentes matières, se concentrait surtout sur le conjugal. Grâce à elle, il obtenait des notes au-dessus de la moyenne. Mary avait l'âme généreuse. Elle donnait beaucoup de sa personne.

La disparition de Dany lui ouvrant des horizons, Mary désirait officialiser sa relation. La femme Naej-ass incinérée, partie en fumée, les cendres enfermées sous terre, dans un caveau familial, plus rien ne s'opposait à ce qu'elle vive au grand jour sa relation... si ce n'est un discret sentiment de culpabilité de Naej-ass, ou sa peur du qu'en-dira-t-on. Il devait attendre au moins que les cendres de l'épouse sédimentent dans l'urne, elles venaient d'être secouées.

Naej-ass avait eu la chance de perdre sa femme la semaine précédente.

Une curieuse histoire. Un couple formé trop jeune, la charrue avant les bœufs, Pâques avant les rameaux, une grossesse prématurée. Naej-ass forcé de prendre ses responsabilités. Un vieux fond de catholicisme.

* équivalent du BAC en France

Apophis: 23 avril 2029

Il dut passer ses études possibles, par pertes et profits. Il gardait un arrière-goût amer de s'être fait piégé. Devait regretter d'avoir trop trempé sa nouille. Il n'était peut-être même pas le père de l'enfant. Pour les joueurs les paris sont ouverts...

Dany, une emmerdeuse, femme se complaisant dans le malheur, s'interdisant tous les plaisirs. La dépression élevée au stade d'un art de vie. L'histoire s'est terminée par son suicide. Elle a été suicidée !

Le suicide de Dany était survenu après une nouvelle absence de Naej-ass. Parti se consoler avec Mary alors qu'il venait d'essuyer un refus de Dany.

Il proposait un ménage à trois. Personne ne pourra lui reprocher de ne pas être un mec ouvert. Pour être précis, mariage à deux plus une. Dany ne gardant que son rôle d'épouse officielle pour les convenances de la communauté, le fameux qu'en-dira-t-on.

Naej-ass ne voulant pas entendre parler de divorce, question d'intérêts. Une solution qui d'un point de vue financier ne lui était pas assez favorable. Ce soir-là, Dany l'avait appelé, le menaçant de se supprimer... Une routine. Ce n'était pas la première fois, elle aimait choisir des dates anniversaires pour se livrer à ses menaces. Elle adorait pourrir l'ambiance. Il avait raccroché, avait pensé « et mon cul c'est du poulet ? » Il n'avait pas bougé, s'était dit :

-c'est comme d'habitude belle parleuse, petite faiseuse. Il avait même espéré, prié... on ne sait jamais ça ne coûte rien.

Ses souhaits furent exhaussés, ses rêves comblés. Si Dieu existe, il lui faudra un bon alibi.

En public pendant la brève cérémonie de crémation, Mary pleura beaucoup son amie Dany... Naej-ass garda une certaine froideur, en compagnie de sa maîtresse, il avait du mal à endosser le rôle de l'époux dévasté. Pris au dépourvu, il n'avait pas eu le temps de répéter son rôle.

Ana et Mary avaient été attirées par le thème de ce soir, la culture musicale autour de la langue portugaise. Le Portugal et ses divas du fado, le Brésil et ses rythmes sensuels.

Brésil pays d'origine d'Ana.

Ana elle, vivait seule avec sa fille. Elle tentait d'oublier une mauvaise expérience de vie en couple. Elle avait du mal à cicatriser, à redonner sa confiance.

Bill, la petite quarantaine, cheveux blonds, des yeux pervenche, du haut de son mètre quatre-vingt-dix, embrassait la salle du regard. Ce soir il occupait un tabouret jouxtant celui de Jim. Infiltré, en mission pour le FBI*. Il devait repérer les militants contre la NRA**, ceux dispersés parmi les généreux participants. Trier les activistes des simples sympathisants.

Cette collecte de fonds pour des victimes de tuerie pouvait servir de support à leur propagande.

Sur la détention d'armes, Bill avait sa théorie. Si tu le poussais dans ses retranchements, ils te balançait dans les naseaux :

-c'est évident, dans les pays où les armes sont interdites aux honnêtes citoyens, il n'y a pas de meurtres. Dans ces pays heureux ne vivent que des gentils, des « Peace and Love ». Si par inadvertance ils te trucident, c'est gentiment avec des roses, en douceur et câlinerie. Des pays où les victimes prennent du plaisir à mourir. Si elles pouvaient ressusciter, elles postuleraient pour un nouveau voyage les pieds devant.

Pour Bill, ces fanatiques n'avaient qu'un rêve :

-Ces cons n'avaient qu'une idée, la seule qui les faisait bander, faire abolir le deuxième amendement.

Rien que ça!

Pour aller jusqu'au bout de leur raisonnement dans les pays interdisant les armes à feu pour le commun des mortels, ces gus si attachés à la vie d'autrui devraient réclamer :

-l'abolition du port des mains au bout des bras de tous les civils pour éviter les assassinats par étranglement.

*Le **Federal Bureau of Investigation** ou très couramment nommé par son sigle **FBI** est, aux États-Unis, le principal service fédéral de police judiciaire et un service de renseignement intérieur

** La National Rifle Association (NRA) est une association à but non lucratif américaine . Sa principale activité est de protéger le droit de posséder et de porter des armes (2eme amendement du Bill of Rights),

Apophis: 23 avril 2029

-l'interdiction des couteaux de table et de cuisine après la découverte de cadavres poignardés baignant dans une mare de sang.

-La suppression de tout engin automobile dès le premier mort écrasé, percuté.

-l'assèchement des rivières, mares, étangs, mers, océans, piscines, baignoires, aquariums, bidets, lavabos, tuyaux, pour ne pas avoir à déplorer de pauvres victimes noyées.

-l'interdiction de l'électricité, des fils, des cordes, des plantes toxiques, des médicaments, des animaux venimeux, des champignons mortels, des cailloux, du feu, de la terre ensevelisseuse, de virus, bactéries, levures, prions, de tout ce qui peut être utilisé par des malfaisants qui n'aspirent qu'à trucider leurs voisins.

-Pour se prémunir de tout, le plus simple ne serait-il pas d'interdire la présence d'humains sur terre ? La vie conduisant inéluctablement à la mort. Pas un vivant n'y échappe. La vie est une pandémie toujours mortelle. Pour épargner les victimes de la connerie humaine interdisons la vie.

-Si le gouvernement au niveau fédéral n'avait pas pris la juste mesure de leur pouvoir de nuisance, annihilant leurs funestes projets, ces idéalistes étaient capables de transformer des milliers d'honnêtes travailleurs de l'industrie de l'armement individuel, en chômeurs, en homeless.

-Plus grave, en réduisant le marché des offres de pièces détachées offertes par les trucidés malgré eux, ces pourfendeurs des armes généreraient une multitude de décès anticipés dans d'affreuses souffrances, chez les malades inscrits sur les listes d'attente, pour l'échange standard de leurs organes défectueux.

-Pour finir, cerise sur le gâteau, ils priveraient d'une partie de leur gagne-pain les undertakers, ils ruineraient par contrecoup les actionnaires de chez Borniol...

Jim, grand brun athlétique aux yeux d'un noir profond, était mandaté par la NSA* pour les mêmes raisons.

La National Security Agency est un organisme gouvernemental du département de la Défense des États-Unis, responsable du renseignement d'origine électromagnétique et de la sécurité des systèmes d'information..

American Best Seller

Il fallait neutraliser les actions des anti-NRA, les ridiculiser, les faire associer aux bobos de New York, ces privilégiés qui vivent dans les quartiers huppés, habitent des immeubles sécurisés, se déplacent en voitures blindées, escortés de gardes du corps.
Jim pensait :
-Faire interdire les armes individuelles, une putain d'idée à la con d'Européens. Ils se ripolinent de morale, alors qu'ils ont vendu leur âme, perdu toute dignité pour ceux qui un jour en furent dotés, se soumettent au dollar comme une péripatéticienne à son souteneur, rampent devant nos géants du numérique, ouvrent leurs portes à deux battants à notre industrie de propagande inondant leurs chaînes télé de notre « Entertainment », éjaculent à la vue de la moindre de nos starlettes siliconées, bavent de plaisir en écoutant la plus médiocre de nos roucouleuses, idolâtres de parfaits inconnus chez nous, s'ils sont Nord-Américains. Putain de morale, tu peux le dire, des exemplaires comme gus, ces Européens.

Chez eux, d'armes à feu, seule la pègre, les assassins et les terroristes en sont dotés. Ces gus du vieux monde, se vantent d'avoir aboli la peine de mort pour les criminels. Le sort des innocents, ils s'en foutent. Les condamnés, leur belle conscience qui fait jolie dans la tête, ne va pas jusqu'à se préoccuper de leur conserver une once de dignité, une fois emprisonnés. Les entend-ont s'indigner lorsqu'une fois hors de leur vue, ces dispensés de liberté, dans des prisons vétustes et surpeuplées qu'au moyen-Âge elles déclencheraient la honte, nous y voyons les plus faibles, contre leur gré, de leur bouche, de leur rondelle, assouvir les besoins sexuels de machos qui les sodomisent en les traitant d'homos... Protégés par la sensiblerie des bonnes consciences chrétiennes imbibées du « tu ne tueras point », ces fournisseurs de viande froide innocente n'ont pas suivi eux ce principe de midinette. À leurs victimes massacrées sans jugement, sans principe d'humanité, ils n'ont pas appliqué cette morale de sensiblerie. Des victimes qui auraient aimé conserver la chaleur circulant dans leur veine, gardant leur viande à bonne température

Apophis: 23 avril 2029

et vivre.

Un continent où, sans armes à feu, ils s'exterminent au couteau de cuisine, au pic à glace, au tournevis lorsqu'ils ne détiennent pas d'armes prohibées. Les futurs cadavres sont livrés à poil à leurs sacrificateurs. Le résultat est le même, ils ont juste plus de temps pour se voir mourir. Ils bénéficient d'un plus grand délai pour écouter leur vie s'écouler à flot, avant de pousser avec soulagement, leur dernier soupir libérateur, enfin.

-Pas une marche, pas une manifestation pour interdire les couteaux, obliger les commerçants à ne vendre que de la bouillie, des purées et des hachés pour éviter d'avoir à déchiqueter sa barbaque comme un chien. Chiens dont ils se sont déjà passé les laisses autour de leurs cous.

Un continent arrogant qui se veut le phare du monde, le donneur de leçons, le dépositaire du bien, le censeur du mal. Il a oublié que tout le pourri de chez nous, il est venu par bateaux entiers des êtres nés et formés chez lui. Ce sont les Européens débarqués ici qui ont perpétré le génocide des Autochtones emplumés.

Europe qui marche sur la tête, elle réserve aux plus corrompus de leurs élites le droit de dicter la morale, de se pavaner dans les doctes assemblées pour édicter des conduites qu'ils sont à cent lieux d'aspirer à respecter.

-Ici, à Washington DC, tu peux encore porter ton arme sur toi, à la condition qu'elle ne soit pas visible, ils ont imposé cette hypocrisie. Demi-mesure, sauver les apparences, faire plaisir aux capricieux de Hollywood, actrices, acteurs, à l'abri dans leurs résidences, réserves bunkérisées, croulant sous les dollars très facilement gagnés, n'ayant comme seuls soucis une fois les alcools bus, les nez poudrés, les veines piquées :

-que le montant des pensions alimentaires de leur prochain divorce,.

-trouver une cause d'indignation photogénique, une qui ne soit pas déjà utilisée par le concurrent, pour avoir sa tête en gros plan accompagnée d'un article de lèche-bottes dans les torchons de presse People.

-devenus has-been il leur faut chaque jour trouver une idée pour continuer d'exister, faire reparler d'eux à tout prix, sur n'importe quel sujet : du réchauffement climatique à l'arrivée de nouvelles espèces de mouches. Pour certains, la tâche est encore plus rude, ils n'ont jamais dépassé le stade de never-been, ne sont connus que pour la physionomie expressive de l'implant gonflant leur cul.

-Des armes, nos politiciens ne sont pas prêts d'en interdire la possession. Ils ne vont pas mordre la main qui les a nourri depuis tant de décennies, qui d'année en année, en finançant leurs campagnes, leur ont permis d'être rois.

-Nous sommes en Amérique, aux States, pas chez les ploucs du vieux continent. Ici c'est le Setson que tu portes fièrement sur la tête, pas un béret de benêt, ni un grotesque chapeau Tyrolien. Pour défendre ta vie, tu as un colt à la ceinture, pas une baguette ni une saucisse de Francfort.

-Ils nous font mourir de rire ces clowns du vieux monde. Ils font la morale à tout bout de champ, avant de nous tendre leur sébile.

Sont tous Roumains ma parole.

Ils ont dirigé le monde, ont abrité en leur sein des rêveurs, des visionnaires, des génies. Leurs boutiquiers ont pris les rênes en main. Ils ne sont plus rien. Devenus de pâles imitateurs, ils rêvent juste de devenir Américains. La copie ne peut rivaliser avec l'originale... toujours un train de retard.

Lorsque Jim est arrivé, il dut se frayer un passage parmi les déchaînés gesticulant, se dandinant, sur le parquet ciré. Ça suait de l'entrejambe, transpirait de la mamelle, mouillait de la braguette, suintait des aisselles. Ils se mettaient les neurones au repos, les effets de l'alcool. Se déconnectaient l'amour-propre, assignaient leur sens du ridicule aux abonnés absents.

Jim les regardait se secouer la viande en mesure ou à contre-

Apophis: 23 avril 2029

temps. Il en eut une sorte de mal de mer, une folle envie de gerber.

Il finit par rejoindre Bill, au bar. Bill et Jim, un petit signe discret de reconnaissance, leur avait permis de se faire savoir mutuellement qu'ils travaillaient pour des agences fédérales. Ils scellèrent leur amitié devant un verre de Southern Comfort Spécial Reserve de la Sazerac Compagny. La seule cuvée à base de Whisky, respectant la recette mise au point à la Nouvelle Orleans par Martin Wilkes Heron en 1874. Ils commençaient une conversation sur des sujets légers, sirotant doucement leur délicieux breuvage, en appréciant dans chaque goûte les enivrantes effluves libérées.

Un excité des gesticulations rythmiques, brassant plus d'air qu'un moulin à vent, plus rapide dans ses moulinets de bras qu'une éolienne un jour de hurricane, vint heurter le coude de Bill.

Sous le choc, tempête dans un verre de Southern, vagues se fracassant sur la paroi, un peu de liquide s'échappa du verre. Bill posant avec précaution, sur le comptoir la divine boisson, fit face à l'inconscient gigoteur. Les yeux dans ses yeux, le visage fermé, la bouche crispée, toisant l'audacieux, d'une brusque manchette lancée de toutes ses forces en plein plexus solaire, il lui coupa la respiration et l'envie de continuer à se trémousser. Le gus tomba à genoux, un peu de bave sortant des lèvres. Devenu blanc, puis bleu, il cherchait à reprendre son souffle qui tardait à venir. Bill allait lui asséner le coup de grâce, le finir à la santiag, lui labourer les côtes, lui refaire l'aérodynamisme, lorsque le gus, dans un souffle qui revenait parcimonieusement, eut l'inspiration qui sauve la vie. Il fit fi de toute dignité, comme un mal s'inclinant, après un combat perdu, devant le dominant. Il n'offrit point comme un chien son arrière-train, mais c'était tout comme... il s'excusa.

Jim n'ayant que peu de goût pour les puzzles sans le modèle, de voir l'insolent devenir pièces détachées, retint la jambe de Bill.

-Arrête Bill, arrête, le mec s'excuse, je te dis qu'il s'excuse.

-Putain mec, t'as de la chance !

Se tournant vers Jim :

-ça m'emmerdait de souiller mes Santiags de son putain de sang impur, d'en abreuver les sillons des têtes d'indiens sculptées dessus. Ce genre de mec, c'est mou de la brioche, un coup de latte dans le bide et ta pointe de botte lui éclate la rate, la peau se déchire facilement, ça saigne en goret, ça dégueulasse tout. Pour sûr au début ça nourrit le cuir de la bottine, mais en séchant la couleur n'y est plus. Pire, je risquais d'en rayer la patine de la peau avec ses morceaux de chicots.

Jim tendit la main à l'agresseur involontaire de cocktails, il l'aida à se relever.

-Sans rancune mec et fait gaffe où tu fous ta graisse la prochaine fois, mon copain n'est pas toujours aussi cool, t'es tombé sur un bon jour, ne taquine plus ta chance.

Le gars plus large que haut, remit sa chemise dans son bénouze de clown. Il partit heureux de continuer à vivre, sans demander son reste.

Ils en étaient à siroter leur quatrième Southtern, d'un œil parlant business, l'autre regardant danser des jeunes femmes, celles correspondant à leur goût. Chez Bill comme chez Jim, l'observateur attentif remarquait dans leurs regards une lueur un tantinet concupiscente. Pour confirmer la chose, leur cerveau du caleçon se tenait prêt à ordonner une brutale augmentation localisée de leur pression sanguine. Ils avaient comme on dit dans le Vermont le mont Mansfield aux aguets. Les mecs de Rapid City, dans le Dakota, ajouteraient, pas la peine de me sculpter le Rushmore pour me le mettre au garde-à-vous.

Se voulant connaisseurs en sexe dit faible*, experts en bête à deux dos, spécialistes de la galipette ludique, ils détaillaient les anatomies respectives de leurs supports de rêveries érotiques. Histoire de se prouver mutuellement leur complicité, leur degré de connivence, ils se fendaient de commentaires grivois, d'allusions salaces, se livraient à de la surenchère sur les sentiers glissants de la

*(alors que seule la chair ne l'est)

Apophis: 23 avril 2029

trivialité.

Leurs propos n'auraient pas juré dans la bouche d'un hardeur de Bat Pussy*. Logorrhée verbale, pas toujours des plus appropriée, rarement judicieuse pour les oreilles d'un esprit épris de politiquement correct, de sermons du dimanche, voire tatillonnes question respect de la reproductrice potentielle. Fatigués de critiquer, ayant épuisé leur stock de vocabulaire ordurier, l'imaginaire dévalorisant exsangue, ils décidèrent un petit changement de pied. Une pause dans ce concours de pets verbaux, un instant de sincérité. Ils venaient de s'apercevoir physiquement que ce n'est pas en empruntant la voie de la dévalorisation systématique des enveloppes corporelles féminines, qu'ils trouveraient le chemin le plus court menant à la bandaison. Ils se mirent à admirer les plastiques qui les faisaient fantasmer, à n'en décrire que les côtés avantageux, à positiver. Partis comme ils l'étaient, le balancier de la mauvaise foi relancé si loin, ils étaient capables de trouver de la féminité, de la sensualité chez Caster Semanya, une sportive génétiquement « XY ».

Ils avaient jeté leur dévolu sur une grande et belle jeune femme brune. Elle dansait solo, pantalon de cuir noir aux reflets que ne désavouerait pas Pierre Soulages**, moulant des courbes expressives qui leur laissaient les yeux imaginatifs. Un buste attrayant couvert d'un chemisier d'un noir coordonné à son pantalon. Un décolleté de dentelles dévoilant la naissance d'une vallée qu'ils auraient volontiers parcourue d'une langue gaillarde. Des attaches fines et racées, des jambes mises en valeur par la cambrure imposée par ses escarpins. Un nez grec, à laisser l'Aphrodite de Milo sans bras. Des yeux noirs brillants d'intelligence inondés de bonté. Une bouche sensuelle sans excès, source de poésie

*Bat Pussy est un film pornographique américain, qui aurait été produit et sorti en 1973. Ostensiblement une parodie de la série télévisée Batman 1966-1968 , il a été cité comme le premier exemple d'un film parodique pornographique le plus infâme considéré comme le pire film pornographique jamais fait
**Pierre Soulages, né le 24 décembre 1919 à Rodez dans l'Aveyron, est un peintre et graveur français associé depuis la fin des années 1940 à l'art abstrait.,Il est particulièrement connu pour son usage des reflets de la couleur noire, qu'il appelle « noir-lumière » ou « outrenoir ». Il a réalisé plus de 1 700 toiles dont les titres sont pour la plupart composés du mot « peinture » suivi de la mention du format . Il est l'un des principaux représentants de la peinture informelle.

et de baisers... une bouche...

Bill regarda Jim, une lueur salace dans l'œil. C'était plus fort qu'eux, chassez le naturel, ils en reviennent au scabreux.
-Tu penses comme moi, lui demanda-t-il avant, que de conserve ils ne partent de leur rire graveleux.

Ana, prénom de la jeune femme concentrant les attentions de leurs convoitises, dansait joyeuse, le sourire aux lèvres, abandonnant son corps souple à la musique, les yeux heureux. Elle sautait d'un pied sur l'autre, les bras levés, les mains accompagnant le rythme d'une musique portugaise folklorique de mouvements gracieux, des sortes de mudras*.

-Observe sa poitrine, elle reste réservée dans ses mouvements, signe de fermeté, commenta Jim en fin connaisseur.

Bill déplora que cette chorégraphie fût pour une danse en solo. L'œil dans le vague, il débita son couplet sur le temps heureux de l'époque où, pour les danses, tu serrais ta partenaire dans tes bras. Souviens-toi Jim :

-tu sentais la chaleur des courbes de son corps sur le tien. Ta peau en éveil. Ton convexe épousant au plus près son concave. Il te montait des frissons d'émoi. Tes narines se dilataient pour t'enivrer du parfum de sa peau. Tes doigts caressaient la soie de ses cheveux. Tu la serrais contre toi. Le plus fort possible. Tu la maintenais plaquée, corps contre corps, limite écrasée. Arrivait le moment où son ventre ressentait le désir que tu ne réprimais plus, la stimulation qu'elle produisait sur ta virilité, dévoilant des envies que ta bouche n'osait encore avouer...

Piètre danseur, gigoteur hasardeux des pinceaux, guincheur de troisième zone, agitateur compulsif des tibias, passant plus de temps le cul sur des tabourets de bar que les guibolles s'exerçant au

---

*Pratiqués dans toutes les époques, religions, cultures, les mudras sont des gestes spécifiques par lesquels on exprime des états d'esprit, des émotions, des intentions, de manière consciente ou non consciente. Les plus anciens mudras sont rencontrés dans les caves de Ajanta et aux sculptures de Khajuraho. Les premiers documents qui décrivent les mudras sont Le livre des mantras (Mantra Shastra), Le livre des invocations et des prières (Upasana Shastra) et Le livre des danses classiques, ainsi que le Bhagavad Gita.

Apophis: 23 avril 2029

frénétique sur les pistes d'approche sensuelle, Bill avait la nostalgie des danses qu'il ne pratiquait pas.
Il évoquait... s'imaginait, se rêvait, réprimant un désir d'érection.
　　Les souvenirs que s'invente l'imaginaire sont de loin préférables à ceux que grave la réalité. Quel manque d'imagination dans le quotidien !
　　Jim, question danses où tu te trémousses seul comme agité par des décharges électriques, qu'avançant en âge tu passes du stade de la chorée de Sydenham à celui de la chorée de Huntington. Sans être religieux, dans le calendrier des Saints tu honores subitement Guy. Jim partageait l'avis de Bill à titre individuel. Dans un second temps, considérant le côté professionnel, il ajouta:
　　-chez ceux qui pensent pour nous, qui arment nos bras, la réflexion est tout autre. Pour eux, les contacts humains sont pericoloso, verboten. Des putains de sources de dangers pour leur système. La réunion, l'échange, le dialogue, la réflexion en commun entre humains, font naître les oppositions. Qui dit opposition, dit contre pouvoir, dit envie de renverser les dirigeants en poste, de prendre leurs places... Les repas de famille sont à proscrire. Grignoter, bouffer déstructuré, le fast-food, le n'importe quoi n'importe quand, tout est fait pour que tu le vives en solo. À bannir ces moments de partage où la pensée peut batifoler, se confronter, se fortifier, comme toutes ces autres occasions, où les gens sont en possibilité de se parler, d'échanger, de confronter, d'essayer de réfléchir par eux-mêmes, de sortir des rails de la pensée préfabriquée partant : de rouspéter, de contester, de critiquer, de s'opposer...
　　Heureusement le numérique veille au grain. Nos génies estampillés Harvard, Princeton, Yale, Colombia, Chicago, MIT, Standford, nous concoctent des machines et des programmes, des camisoles de force pour nos velléités de résister. Le numérique et ses applications ne sont élaborés que pour jouer ce rôle. Ses possibilités de grandir l'homme, de lui permettre de s'épanouir, oubliées. La laisse doit rester courte, le collier anti-aboiements, alimenté.

Remercions nos génies, ils facilitent la tâche des contrôleurs de vie, ils méritent leurs milliards, leurs privilèges, ajouta-t-il. Les gus de maintenant, même réunis ensembles demeurent inoffensifs. Ils ne communiquent plus entre eux, ils sont séparés par leurs écrans, cloisonnés dans leurs prisons virtuelles. Ces cages sans barreaux dont ils sont si friands. Des clébards prêts à toutes les bassesses, tous les sacrifices pour pouvoir payer la laisse étrangleuse qui leur interdit l'aboiement. Jim, regarde autour de nous, ils ne se parlent plus, n'échangent plus, si ce n'est à la commande, en bandes grégaires, pour s'indigner en chœur sur des conneries servies par un chef d'orchestre sur leurs écrans hypnotiques. Tous, la pensée au pas cadencé. Un jour contre le CO^2, un autre jour c'est pour la discrimination positive, le lendemain contre le voile, le suivant contre l'islamophobie, le surlendemain contre le terrorisme religieux, le samedi pour la PMA, le dimanche pour la GPA, ou tout autre os à ronger qui éloigne les pensées des conditions de vie. Le social n'intéresse plus les dits progressistes, pas bon pour les profits, il n'y a que le sociétal qui les fait vibrer. Normal c'est génial pour le commerce. La vague suivante ce sont les chrétiens traditionalistes qui se pointe à leur tour. Nouveau chef d'orchestre à la baguette. Ils crient non à la GPA. Alors que le premier de toute l'histoire humaine, macho comme pas deux, n'ayant pas de compagne, pour avoir un fils... il t'a fait féconder en loucedé, sans lui en avoir demandé l'autorisation, la femme d'un charpentier. La première mère porteuse. Une sainte GPA. Des pauvres bougres qui vivaient dans un squat, tellement pauvre que le mari n'avait pas eu l'idée de consommer. Pourtant il la trouvait belle Marie. Ils vivaient au milieu d'animaux pour trouver un peu de chaleur. Déjà à l'époque, pour porter son enfant, il n'avait pas choisi la femme d'un édile, d'un bourgeois. Pour risquer sa vie pour un autrui qui se la coule douce, une pauvrette acculée peut mettre sa vie en danger... au pire elle recevra un billet de faveur pour le paradis. En dédommagements ce fils naît de Marie, pour lequel le créateur avait des ambitions, avait

Apophis: 23 avril 2029

étudié le management et la prestidigitation. Savoir plein la tête, il fut autorisé à monter une boîte concurrente à celle de son père, une franchise. Pour éviter la confusion il l'a fait se délocaliser en Italie, les avantages fiscaux... avant de l'abandonner, ses mœurs ne convenant plus... Laissez venir à moi les petits enfants... Une autre fois, les mêmes sans la moindre logique, pour un enfant il faut une maman et un papa, alors qu'ils idolâtrent un bâtard qui de papa n'en a point sur terre, ne fréquente que des garçons...

En bandes, en ligues, en processions, en groupes, au commandement ils crient comme un seul homme :
« sus à »,
« à mort »,
« plus jamais ça »...
Quel est ce « ça »?
Un répulsif virtuel jeté en pâture pour leur occuper la passivité.
God bless the numeric.

Le regard de Jim convergeait toujours vers la jeune femme moulée de cuir. Les mouvements rotatifs de sa croupe l'hypnotisaient. La terre plate, la terre ronde, un créateur unique, pas de créateur, la vie uniquement sur terre ou sur des milliards d'exoplanètes, il se foutait de tout. Son unique pensée, suivre les mouvements de ces rotondités. Cet obnubilé du moment, n'avait rien à envier à l'attitude de la souris tétanisée, se jetant pour se faire dévorer, la fuite inhibée, dans la gueule grande ouverte du rattlesnake immobile, qui la fixe et l'attend, sûr de sa force muette de persuasion. Son rattlesnake à lui, en ce moment, c'était ce cul bien rond.

Ana dansait face à une amie plus petite, équipée elle de rondeurs supérieures à la moyenne.
Bill dans sa période tout est beau, disait:
-putain, elle est bien en chair la môme, c'est du sensuel, du confortable qui t'inspire les doigts. La compagne rêvée pour un soir.

Une femme comme ne les appréciait Bill que pour finir ses

nuits d'orgies, s'apaiser les hormone en furtifs, sans prendre le risque du long terme, des lendemains qui déchantent. Bill c'est le style bonjour mademoiselle, merci madame pour ce doux moment, bonsoir, et surtout à pas de revoyure.

Bill, sans aller jusqu'à convoler, avait déjà eu quatre compagnes pour des parcours en duo plus longs qu'une nuit d'étreintes, qu'un coup vite fait sur la table de cuisine, qu'une levrette à la hussarde dans une montée d'escalier.

-De putains d'erreurs de jeunesse, avouait-il après le cinquième verre.

Son annulaire toujours vierge d'anneaux. La captivité en binômes, pas son truc. De femmes, il n'en avait épousé aucune. Il ne s'engageait jamais. Possédant une sainte terreur des pensions alimentaires, il se tenait à distance des serments consacrés, des « toujours » prononcés à la légère, pour ne pas plomber l'ambiance d'une cérémonie destinée à en mettre plein la vue, ou le bonheur à venir serait proportionnel au montant en dollars de la facture.

Par anticipation, par expérience, lorsqu'il sentait la mâchoire du piège prête à se refermer, qu'il pensait urgente et inéluctable la nécessaire séparation de corps, il organisait le voyage qu'il baptisait:

-le voyage des ultimes plaisirs.

Deux billets de Baltimore aéroport International Thurgood Marshall sur Alaska Airline en First Class direction Cancún.

Cela coûtait une blinde, presque deux mille dollars par tête, juste pour l'aller. Grand seigneur, rien de trop beau pour l'être aimé.

Être aimé qui malheureusement pour lui, sans s'en douter, va cesser de l'être.

-Les meilleurs choses ont une fin, disait-il... les pires aussi. Pour ne pas vivre l'écœurement, il faut savoir rester sur sa faim.

Tout une expédition ce dernier voyage. Une escale à Seattle Tacoma international. Presque vingt trois heures de voyage escale comprise.

-Le plaisir suprême, ça se mérite. C'était son mot ça, à Bill.

Apophis: 23 avril 2029

Pour la partie aérienne tu variais les plaisirs, Air Bus jusqu'à Seattle, Boeing 737-800 de Seattle à Cancún.

Le Mexique, l'État du Quintana Roo, la péninsule du Yucatăn, la mer des caraïbes, Cancún. Ville de tous les excès pour les jeunes et les moins jeunes Américains. Drogue, sexe, et parfois rock'n'roll.

Quatre vingt kilomètres plus au sud, leur destination finale.

Là comme par miracle, pendant ce séjour idyllique, la belle profitait d'une vie de Reine. Le soleil, l'eau turquoise, le sable blanc, les vagues, côté plage. L'immense piscine entourant une île plantée de palmiers, du Spa de l'hôtel Grand Bahia Principe de Coba. Initiation au fabuleux golf du Riviera Maya Golf Club, ses plans d'eau, les parois rocheuses, la jungle a portée de swing, ses animaux venant jeter un œil sur le fairway. Une expédition en quad dans la jungle parmi la faune, ses plongeons dans ces gouffres résultant de l'effondrement du plafond d'une grotte. Les cenotes, source d'eau sacrée des Mayas, entrée du monde Xibalba où résident les esprits après la mort en compagnie des Dieux.

Heureuse, du bonheur plein les yeux, la jeune femme disparaissait de sa vie avant la fin du rêve créé par ce séjour.

Curieusement Bill n'en était pas marri, se faisait aisément à l'idée.

Fataliste il expliquait que sa compagne, du genre frivole, superficielle, avait dû tomber brutalement amoureuse d'un Apollon local. D'un Luis, d'un Angel, d'un Carlos ou autres Eduardo, Diego, Alejandro.

Le coup de foudre ça ne s'explique pas. Qui peut lutter contre ? Il n'y a qu'une chose à faire, accepter la situation, prendre acte.

Après tout ce qu'il leur avait généreusement offert, en retour aucune ne lui donnait jamais plus le moindre signe de vie.

L'ingratitude, le manque de reconnaissance, l'amnésie conséquence de la décharge foudroyante provoquée par un bellâtre local. L'amour fou. Il était abonné à des beautés qui, en ce domaine, ne connaissaient pas la demi-mesure.

Ses amis se désolaient pour lui. Devant la répétition de la mésaventure, ils se perdaient en conjectures, cherchaient vainement une explication.

Quatre fois de suite la foudre amoureuse s'était abattue sur une de ses conquêtes. Une de celles à qui il tenait. Pour preuve, cela faisait des semaines qu'elle partageait sa vie.
Cette putain de loi des séries !

À chaque disparition, Bill brûlait un cierge. Sa séquence émotion, un reste de dévotion à Sainte chaux vive, Sainte fondation de béton, Sainte baignoire d'acide sulfurique, Saint appétit de requin. Il devait se résigner, prendre un vol de retour pour Washington, repasser seul la frontière. Parfois, pour tenter de conjurer le sort, il hésitait à se fendre d'un ex-voto.

Sam, deux Benjamin Franklin laissés à l'entrée, fit son apparition dans la salle au bras d'une jeune étudiante française en gestion et management.

Léa, elle se prénommait Léa. Croisement réussi d'un Italien de Parme et d'une Bretonne du Finistère, elle arrivait du sud de la France. Femme à la plastique appétissante, le corps sublimé par un minimum vestimentaire. Un mètre soixante-quatorze sur des talons de quinze centimètres, la démarche d'un mannequin, au bras de Sam, guidée pour ne pas dire coachée par lui. Elle s'avançait tête haute vers le bar. Son minimal textile ne laissait qu'un peu de mystère sur l'essentiel. Notre imagination, notre vision en relief, permettait à notre imaginaire de percer à jour ce mystère. Les hommes de la salle devenaient tous des Alan Turing pour déchiffrer les courbes cryptées par son Enigma vestimentaire. Chacun de ses pas attirait des regards supplémentaires. La gent masculine n'avait d'yeux que pour elle. Les décodages crépitaient, aussitôt des braguettes se distendaient.

Cette fille un peu paumée venait d'échapper à une liaison toxique. Une proie facile pour Sam.

Apophis: 23 avril 2029

Le B.A. BA du métier.

Elle traînait son ennui de boîte de nuit en boîte de nuit, de bar de rencontre en bar interlope. Il lui arrivait de se donner sans passion au premier plus hardi pour lui proposer la nuit.

Sam lui avait fait le coup du charme, du gars attentionné qui s'intéresse à son histoire, à sa vie, à ses espoirs, à ses rêves, pas seulement à son corps, pour une fois.

Malgré une somme d'expériences décevantes, elle s'était laissé séduire. Après une série de crapauds, qui le baiser donné ne s'étaient pas transformés, restaient désespérément batraciens, elle avait quand même cru au prince charmant. Comme dans ses rêves d'enfant, elle se voyait encore Princesse. Elle restait vierge de la naïveté. Il subsiste toujours enfoui au plus profond de l'âme, cet insensé espoir du grand amour possible.

Sam à son bras, jouait le fier. La présence de Léa à ses côtés, un aimant à regards, idéale pour sa couverture. Il aimait qu'elle se remarque. Prenait plaisir à faire saliver la gent masculine esseulée. De voir les regrets associés à de l'envie, pointés dans les yeux de ceux moins bien accompagnés, le mettait en joie...
Comparaison n'aide pas la raison.

Les regards sur elle lui permettaient, lui, de passer inaperçu. Pour ses missions, rien de mieux. Le coup de l'homme invisible. Il la poussait à dévoiler un peu plus que nécessaire ce qui constituait ses charmes, choisissait avec soin ses vêtements, ses maquillages.

Il se voyait Pygmalion et Aphrodite à la fois. Il la voulait Galatée. Sera-t-elle que sa Bonnie Parker lorsque pour une mission il jouera à Clyde Barrow ?

Tactique, perversion? Chez Sam les deux coexistent, cohabitent, il n'appartient pas à la CIA pour rien.

Léa, de son corsage un bouton supplémentaire dégrafé, une gorge pigeonnante prête à jaillir hors de sa prison de dentelles. Moulant à la louche sa croupe, une jupe si courte qu'elle obligeait l'épilation intégrale. De longues jambes gainées de soie, galbées par de hauts talons à semelle rouge. Des yeux gris-bleus d'ingénue, une bouche mutine. Belle femme paraissant plus jeune que ne l'indiquait son état civil. Rien ne lui manquait pour sonner le branle-bas de combat dans les caleçons.

Sam, grand brun, fine moustache, yeux verts, costume de lin, travaillait pour la CIA*. Bill qu'il reconnaissait, assis sur son tabouret au bar, un vieux souvenir.

Lors d'une de ses missions, l'agence lui avait demandé d'enquêter sur ce garçon. Le fait est suffisamment rare pour être remarqué. La CIA enquêtant sur un gus du FBI, tu ne vois pas ça tous les matins. Faut dire que Bill, pour se mettre dans des situations à la con, il avait l'étoffe pour briguer une médaille d'or au championnat du monde. Des voyages débutés en amoureux roucoulant, suivis de retours solitaires sans effusions de larmes. Les disparitions successives de ses compagnes au Mexique, pays connu pour beaucoup de spécialités, mais un peu trop au sud-ouest pour se confondre avec le triangle des Bermudes, celui que la Floride, Porto Rico et les Bermudes dessinent. Ses contacts douteux au Mexique dans le milieu des cartels, des gus qui question poudre sont très éloignés de la culture du riz... surtout son train de vie. Un gus sapé comme un prince, costard en capsule THFLEX Rafael Nadal Edition de Tommy Hifiger, aux pieds des pompes Françaises, des Derby Triple semelle de chez J.M. Weston, le tout emballé dans une Dodge Challenger SRT Demon à 84995 dollars. Il l'avait payée deux dollars de plus, il avait pris les options. 1 dollar pour l'option siège passager, 1 dollar pour la banquette arrière.

Un monstre au moteur V8 compressé 6,2 litres de la Hellcat passé de 707 à 840 chevaux, sur lequel est ajouté un turbocompresseur, une suspension adaptative spécifique, une aération dans le bouclier, une énorme prise d'air sur le capot pour

---

*La **Central Intelligence Agency** (**CIA**, « agence centrale de renseignement » fondée en 1947 par le National Security Act, est l'une des agences de renseignement les plus connues des États-Unis. Elle est chargée de l'acquisition du renseignement (notamment par l'espionnage) et de la plupart des opérations clandestines effectuées hors du sol américain. Elle a le statut juridique d'agence indépendante du gouvernement des États-Unis.

Apophis: 23 avril 2029

bien faire respirer le moteur. Il n'en fallait pas plus pour attirer l'attention de la centrale. Ce comportement peu orthodoxe pour un agent fédéral, homme qui se pavane dans la caisse la plus rapide du monde, alors qu'il est attendu comme exemplaire, discret. Cela générait des inquiétudes, de la suspicion, de la crainte de trahison, voire son passage du côté obscur...

Nonobstant, ils avaient fini par sympathiser. Un tour en Demon, une ou deux filles partagées façon ados boutonneux sur la banquette arrière. Il faut bien amortir le coût des options. C'est comme ça qu'ils sont devenus copains comme cochons.

Sam classa l'affaire sans suite, les histoires de cul de Bill, sa chance au poker et autres jeux d'argent, ne regardaient pas l'agence, elle avait d'autres chats et chattes à fouetter. C'était l'avis de Sam, il le fit partager à sa hiérarchie.

Sam salua Bill, échange de claques généreuses dans le dos. Bill lui fit faire la connaissance de Jim, sans s'appesantir sur la façon dont Sam et lui s'étaient connus. Sam leur présenta Léa. Les yeux de Bill et de Jim en furent enchantés. Elle prit place entre Sam et Bill, croisa haut les jambes. Bill commanda une nouvelle tournée au bar.

Les discussions allaient bon train, des anecdotes communes, des souvenirs enjolivés, des situations mises à leur avantage... Du classique de retrouvailles.

La réalité c'est ce dont nous nous souvenons, la vérité n'a qu'une chose à faire, s'y conformer.

Pendant tout ce temps Léa n'avait que peu de choses à dire, elle écoutait amusée. Son regard se posait souvent sur les lèvres de Bill, elle buvait ses paroles. Un gus qui possède une Demon ne peut être que bon, pas forcément au lit, il peut être inventif.

Sam sentit monter en lui un besoin de refaire le plein d'énergie, après un petit signe à Bill, il s'excusa pour se retirer aux toilettes.

-je dois rectifier mon maquillage dit-il malicieusement.
Bill savait qu'il devait se repoudrer le nez. Il pensa amusé, son tarin

doit briller de l'intérieur, la poudre lui redonnera ce côté mat plus photogénique. Ce gus aime capter la lumière. Puis réaliste, pour lui une habitude prise lors de ses missions colombiennes, devenue une nécessité... plus qu'une coquetterie.

Bill entreprit Léa, profita du départ de Sam pour la faire parler, il voulait tout savoir d'elle. Elle fit sa timide, tactique de séduction, puis se dévoila petit à petit. Sam ne revenant pas, il devait avoir découvert un nouveau complot étranger contre les USA en fermant l'abattant des toilettes. Bill se fit plus entreprenant. Une première tentative, pour prendre la température. Sa main frôla le genou de Léa, effleura un début de cuisse. Elle resta impassible, se contenta de décroiser les jambes. Bill encouragé revint à la charge. Sa main se posa, s'attardant un moment sur la cuisse leurs peaux en étaient à l'échange thermique. Sa main devint caressante. Elle entama une escalade sensuelle. Elle finit en exploration plus intime. Léa fermait les yeux, elle souriait, son souffle plus court, deux pointes tendirent le tissu de son corsage. Elles semblaient vouloir transpercer le voilage. Bill prenait de l'assurance, son expérience parlait. Ses doigts cherchaient de son intimité le point de plaisir. La nouvelle humidité de Léa lui confirma qu'il était sur la bonne voie. Les paupières closes, les yeux prêts à se révulser, les narines frémissant, la respiration s'accélérant, Léa était à deux doigts de pousser un long gémissement de plaisir, le sentait venir, elle se mordait déjà la lèvre pour ne pas crier...

Sam poussa vigoureusement la porte ranch des toilettes. hilare, un peu de blanc sous le nez, reniflant, le blanc des yeux rougis, les pupilles dilatées.
Bill retira doucement sa main.

Prenant Bill par le bras Sam le tira à l'écart.
-mec il y a là-bas devant les lavabos qui se refait une beauté, une bombe je ne te dis que ça... Pour un peu de poudre, juste une ligne, elle te fait de ces trucs... Capable de te réveiller les dessoudés honorés par cette soirée de charité. Jésus ressuscité, c'était elle, je te

Apophis: 23 avril 2029

jure ! Putain je te la conseille la Marie-Madeleine.

-laisse-lui le temps de retomber en manque, de son volcan refroidir la lave... elle va friser l'over-dose si tu ne lui accordes pas de pause. Viens, retournons avec Jim et Léa.

Curieux de La présence de Sam, Jim lui demanda ce qu'il faisait là. Était-il comme eux en mission ?

Léa lança un œil noir à Sam, il revenait trop tôt... Restant sur sa faim, un goût d'inachevé pas qu'à la bouche.

Discrètement elle fit glisser sa carte dans la main de Bill. Ce dernier la rangea dans sa poche. Il prit soin de ne pas attirer l'attention des autres convives.

Jim poursuivit son idée :

-les trois agences juste pour cette petite sauterie, c'est à croire que le banditisme, le crime organisé, l'espionnage et le terrorisme mondial y tiennent leurs assises...

Sam confia sur le ton du secret :

-je surveille les gus là-bas, Glen et Naej-ass, des mecs de la NASA, un du CNeoS et l'autre du service documentation. Fragile psychologiquement en ce moment, ils peuvent basculer et cracher le morceau... Il y a des choses qu'il n'est pas bon de savoir. Je ne peux rien vous dire de plus.

Ils se turent un moment, Léa les joues empourprées fixa Bill, se passant lentement la langue sur les lèvres, les yeux pleins de gourmandise.

Sam rompit le silence:

-un ange passe, tout comme pour les géocroiseurs, il faut se contenter de dire qu'ils ne font que nous survoler.

Jim regarda les gus qui justifiaient la présence de Sam. L'un servait de cavalier à la copine fausse blonde, l'autre changeait de partenaire, mais trouva que les yeux de ce Naej-ass et surtout ceux de Glen, se portaient trop à son goût sur les formes de la copine, la jeune femme brune, celle dont son regard ne pouvait se détacher des rondeurs... celles dissimulées à l'abri de son pantalon de cuir.

Se tournant vers Sam :
　-ne perds pas ces gus de vue, regarde-les, ils sont foutus de déballer le secret à une fille. Imagine les répercutions dans le pays. Trouve un prétexte pour les inciter à quitter seuls les lieux.
　Jim préférait la compétition lorsque l'adversaire déclarait forfait.

Apophis: 23 avril 2029

2

Al remontait à petits pas rapides Hidden Figures Way. La pluie éclaboussait le bitume dans ce secteur Southwest de Washington. La rue presque déserte. Un temps à ne pas mettre une onde dehors. Quelques passants sous des parapluies d'autres, surpris sans équipement, s'abritaient sous des arbres, pour laisser passer le plus fort de l'ondée. Feuilles, milliers de dérisoires parapluies, ne protégeant de la pluie que les poètes et les esprits. Les caniveaux longtemps assoiffés se désaltéraient à la régalade, réhydratés, ils se gonflaient, reprenaient vie. Une bouteille plastique, dérisoire esquif voguant dans le courant, se coinça contre la roue d'une Lexus. Bloquée par la voiture elle formait un barrage. Un embryon de cascade y naissait. Enfin un rôle à sa mesure. Elle en avait assez de ne jouer que des seconds rôles. Celui de modeste contenant.

La pluie, gouttes d'eau, résultante de ce manque d'imagination du créateur, sans saveur, sans odeur et sans couleur. Un banal agencement d'un atome d'oxygène copulant en compagnie de deux atomes d'hydrogène. Sans pudeur sous nos yeux une partie fine à trois. Origine de la conception de l'eau.

Cette eau visant Al, lui tombant dru sur la citrouille en ce jour éloigné d'halloween. Cet élément aqueux, comme les âmes, après être en vapeur monté aux cieux, en retombant devenait adepte de Newton. Adoptant sa loi sur la pesanteur. Eau perdant en se matérialisant son image spirituelle. Descendue du ciel elle redevenait plus terre à terre. Eau avide d'alcool, liquide suant des glaçons, gâchant les meilleurs bourbons. Ce fluide toujours partisan du moindre effort, fonçait inexorablement vers le point le plus bas de la rue. Pour sa tendance à choisir la facilité, l'eau devait prendre modèle sur nos politiciens moutonniers. Girouette qui de convictions n'ont comme boussole que le sens du vent.

Al haussa les épaules. Il les méprisait tous sans exception. À cet instant précis, il contempla avec dégoût le ruissellement. Ce symbole pour lui des politicards. Pour montrer le peu d'estime qu'il avait pour eux, il se racla la gorge, crachat dans un bruit de souffle gras, un bien gluant, ciblant le filet d'eau. Soulagé, il brancha ses écouteurs. Dans ses oreilles retentit la voix du groupe « Magazine », "A Song from Under the Floorboards."

Il reprit sa marche.

Bill l'observait discrètement, à quelques encablures, l'agence se méfiait de ce gus de la NASA. Un gus qui vote démocrate, qui plus est, Bernie Sanders, ça sent l'extrémiste, le communiste, le mec prêt à trahir sa patrie pour une idéologie. Al n'adhérait même pas la NRA, tu vois un peu le genre d'énergumène. L'agence craignait qu'un jour, lui ou quelques autres de son acabit, ne lâchent le morceau, pour affoler les foules, effondrer les marchés, ruiner les gros actionnaires.

Par leurs révélations catastrophistes, ils seraient capables de démotiver le populo, de foutre en l'air l'économie du pays. En cas de danger imminent, Bill, et ses confrères des agences fédérales, avaient ordre de neutraliser ces oiseaux de mauvais augure. Même en cage, ne pas les laisser chanter.

Al avançait en soulevant les pieds plus haut qu'à son habitude, puis les reposait avec précaution. Une curieuse façon de marcher pour ne pas éclabousser son bas de pantalon. Cette marche adaptée aux conditions atmosphériques en cours, lui déclencha un

Apophis: 23 avril 2029

fou rire. Il revoyait la séquence des Monty Python*
"The Ministry of Silly Walks".
Il accentua le côté ridicule de sa marche. Il se sentait d'humeur joyeuse.

Al avait choisi d'emprunter le côté de la rue des numéros impairs, mathématiquement parlant, le plus intéressant. Pour s'occuper l'esprit, il regardait la numérotation de l'entrée de chaque immeuble. Il incrémentait mentalement le nombre qu'il devrait trouver sur la plaque d'identification postale suivante. Cela fonctionnait presque à merveille. De temps en temps un piège, un numéro bis, voire ter, perturbait son anticipation. Aimant jouer avec les nombres, démontrer qu'il pouvait aussi faire plusieurs choses à la fois, il en profitait pour mentionner, lorsqu'il passait devant, ceux ne se divisant uniquement que par un, ou par eux-même. Ces amusants nombres premiers: 1, 2, 3 7, 11, 13, 17, 19, 23, 31, 37, 41, 43, 47, 53, 59, 61, 67, 71, 73, 79, 83, 89, 97... jusqu'à ce qu'il arrive au 293. Numéro lui donnant le signal pour traverser la rue. De rejoindre le côté pair, où ne figurent que des nombres vulgaires, les pas farouches, ceux qui se laissent séduire par de multiples divisions.

Chemin faisant il croisa George et son chien Clinton. George comme à son habitude le salua, son regard d'aigle s'enfonçant un bref moment dans celui de Al. Tout en le fixant il marmonnait des phrases incompréhensibles, un genre d'incantation. Al se sentait tout chose, ce regard le troublait.

Soudain entre le 269 et le 271 deux nombres premiers voisins consécutifs sur ce trottoir des impairs, il remarqua une porte grise donnant sur un mur aveugle. Une porte sans plaque ni numéro, uniquement taguée du signe mathématique exprimant l'infini.

Monty Python est le nom d'une troupe d'humoristes rendue célèbre initialement grâce à sa première création, la série télévisée Monty Python's Flying Circus dont la diffusion débuta à la BBC le 5 octobre 1969 et qui se poursuivit durant 45 épisodes jusqu'au 5 décembre 1974. La troupe était composée de six membres : Graham Chapman, John Cleese, Eric Idle, Michael Palin, Terry Jones et Terry Gilliam. La majorité des membres du groupe sont anglais sauf pour Terry Gilliam qui vient des États-Unis et Terry Jones qui est d'origine galloise.

American Best Seller

Une porte étroite sans poignée ni serrure, ornée de toiles d'araignées dans ses encoignures. Personne ne devait avoir poussé cet huis depuis des lustres. Au même instant sur son skate-board, un garçon téméraire faisant fi de la pluie, passa devant.

Huis, grise, enfant passant devant... Ces mots résonnèrent en Al qui avait une admiration pour les poètes. Aussitôt son cerveau lui récita les saltimbanques, Alcools. La vision furtive de l'emblématique tête bandée de Guglielmo Alberto Wladimiro Alessandro Apollinare de Kostrowitzky lui apparut. Ce poète, d'une mère d'origine polonaise de l'Empire Russe, femme galante exerçant ses talents au casino de Monaco. De père Italien inconnu. Poète devenant Français, en mars 1916 après avoir combattu héroïquement dans l'armée de ce pays.

La guerre de 1914-1918 n'avait épargné sa vie que pour mieux l'abandonner à la faux de la grippe espagnole. H1N1* qui se moque des héros:

Dans la plaine les baladins
S'éloignent au long des jardins
Devant l'huis des auberges grises
Par les villages sans églises

Et les enfants s'en vont devant
Les autres suivent en rêvant
Chaque arbre fruitier se résigne
Quand de très loin ils lui font signe

Ils ont des poids ronds ou carrés
Des tambours, des cerceaux dorés
L'ours et le singe, animaux sages
Quêtent des sous sur leur passage

*Virus H1N1 à l'origine de la grippe espagnole. De récentes études ont montré que cette pandémie aurait résulté d'un virus H1N1, les épidémies des années précédentes étaient dues à des virus H3N8. Le virus de la grippe espagnole serait né de la combinaison d'une souche de grippe saisonnière H1N8 présente entre 1900 et 1917 et d'une souche de grippe aviaire de type N1.

Apophis: 23 avril 2029

Le numéro de la suite logique, 271, ne figurait que sur la porte suivante. Celle-ci, inconnue des postmen, grise comme un chat nyctalope qui ne voyage que la nuit, avait été oubliée dans la numérotation. Il marqua un temps d'arrêt, s'interrogea.

-Est-ce la porte du passage sur nowhere ou celle de tous les possibles. Était-ce celle pour changer de monde, d'univers. La fameuse "Door", Graal recherché par Jim Morrison avant de quitter notre univers.

La pluie redoubla, les cumulonimbus se montraient généreux. Une femme, une inconnue, poursuivant son parapluie que le vent lui disputait, passa devant la porte clandestine sans exprimer le moindre étonnement. Al se demanda si la passante pressée avait remarqué l'anomalie. Il rentra la tête dans les épaules. Il tombait des chats et des chiens. L'expression saxonne pour les hallebardes de l'ancien monde. Ses cheveux, agressés par la multiplicité des gouttes, devenaient gouttières, ses épaules torrents. Trop d'idées s'agitaient dans sa tête. Sa bouche restait impuissante à les exprimer toutes. Aucune n'avait d'utilité pour l'abriter, le protéger de la pluie. Parti sans se soucier de la météo, sur le dessus de son crâne, pas le moindre morceau de tissu pour le garder au sec, le protéger du déluge. Rien, que dalle, nada.

Encore un peu, sur ses arpions pousseront des champignons.

Nonobstant, il poursuivit sa route, snoba les encoignures désirant lui épargner les gouttes. Du genre ponctuel, il n'avait pas envie d'arriver en retard à la réunion de service du Center for Near Earth objects studies (CNeoS)*. Al n'était pas du genre à se faire remarquer gratuitement.

George resté avec Clinton, narguant la pluie, bougeait au rythme de "Summertime" interprété par Doc et Merle Watson, un parapluie d'une main, la laisse de l'autre, Clinton se trémoussant par esprit d'imitation, ne portant pas de casque musical.

*Le **Center for Near Earth Object Studies (CNEOS)** (« Centre d'étude des objets géocroiseurs ») est un centre d'étude de la NASA, dont l'objectif est de calculer les orbites des astéroïdes et des comètes, et d'en évaluer les risques. Il rassemble aussi les données bibliographiques concernant ces objets.

American Best Seller

George descendait d'Amérindien Cherokees, de Caroline du Nord. Une longue tradition familiale de chamans. Ils connaissait les vertus et les usages des plantes sacrées, l'iboga, la plante des ancêtres, l'ayahuasca, la liane des esprits et des morts, le tabac...

Arrivé devant la porte vitrée du 300, Al entra, présenta son badge d'identification, se dirigea vers l'ascenseur. Y avaient pris place, Glen et Ana. Glen, jeune divorcé admirait Ana. Il avait pour elle les yeux du loup de Tex Avery pour la chanteuse de cabaret.

Ana, grande jeune femme brune, d'origine brésilienne aux formes harmonieuses, très féminines, n'étaient pas sans éveiller la curiosité de la libido de Glen. Libido fraîchement mise en jachère par le jugement de la Division des Opérations de la Cour de la Famille du tribunal du Distrit of Colombia.

Ana avait des yeux exprimant la douceur, un visage régulier, une jolie bouche carminée sans excès, un décolleté, ni trop sage, ni trop audacieux, qui laissait deviner une poitrine ferme et suffisante. Pour ne pas lui causer de gêne, lui attirer le pourpre aux joues, le rouge au front, le regard de Glen ne s'attarda pas sur ses yeux. Il le laissa descendre tout le long de ce corps admiré. Il le figea sur la courbe de sa croupe, ronde et généreuse, juste ce qu'il faut.

Pour garder l'émoi de ses sens à un niveau raisonnable, maîtriser sa pression sanguine périphérique Glen, scientifique jusqu'au bout des ongles, se mit en tête de déterminer l'équation traduisant le plus précisément le volume de cet attirant fessier féminin...

$2V = (4Л/3)r^3$.

Ana s'était contenté de le saluer sans plus marquer d'intérêt pour lui, juste un sourire de politesse. Ce lundi matin, il lui restait dans la tête les airs de musique portugaise et brésilienne sur lesquelles elle avait dansé la veille, tutoyant le bonheur, celui fugace de l'instant.

Glen se fit du cinéma. Il valorisa au maximum ce sourire, lui accorda une signification spéciale, une intention, voire une

Apophis: 23 avril 2029

invitation... Son cerveau s'emballa, sa libido sortit de sa léthargie, sa testostérone retrouva des taux sanguins à des niveaux jamais atteints ces derniers mois. Il ne se fendit pas d'une érection, mais un début de turgescence n'aurait pas été sans pertinence pour traduire l'intensité de ses sentiments.

Al parcouru les couloirs, se dirigeant vers la salle du Poulidor de la lune, Edwin Eugene Aldrin*, le surnommé Buzz.

Assis autour de la grande table ovale, les membres du CNeoS, après les politesses d'usage débutèrent la réunion. Le sujet du jour : les données actualisées sur la trajectoire de 99942 Apophis**. Des rumeurs inquiétantes circulaient à son sujet. Ce corps céleste nous croisait deux fois par an, depuis des lustres, sans poser le moindre problème. Jusqu'à ce jour, ses suivis de trajectoire confirmaient le non fondé des inquiétudes exprimées. Celles venant de milieux extérieurs au monde de l'astronomie.

Le message à faire passer: rien d'inquiétant, tout est sous contrôle...
La question, pourquoi ces Fake news, qui y a intérêt.

En vérité, nous pouvons dormir sur nos deux oreilles jusqu'en 2880. 2880 c'est l'année où 29075, là c'est l'identifiant d'un autre astéroïde de 1,3 km de diamètre. D'après les calculs, mais il faut tenir compte d'une marge d'incertitude, il pourrait mettre un terme à une des phases de l'occupation de la terre par le monde vivant de surface. 29075 1950 DA n'était pas de son ressort, Al devait suivre en continue la trajectoire de 99942 Apophis.

*****Buzz Aldrin**, né **Edwin Eugene Aldrin Jr.** le 20 janvier 1930 à Glen Ridge dans le New Jersey, est un militaire, pilote d'essai, astronaute et ingénieur américain. Il effectue trois sorties dans l'espace en tant que pilote de la mission Gemini 12 de 1966 et, en tant que pilote du module lunaire Apollo de la mission Apollo 11 de 1969, il est, avec le commandant de la mission Neil Armstrong, parmi les deux premiers humains à marcher sur la Lune.

****Apophis** est un astéroïde géocroiseur, de type Sqa, qui fut découvert le 19 juin 2004. Mesurant environ 325 mètres de diamètre et d'une masse de 40 à 50 millions de tonnes, il suit une orbite proche de celle de la Terre qu'il croise deux fois à chacune de ses révolutions.
Les premières observations de l'astéroïde donnaient une probabilité de collision avec la Terre le vendredi 13 avril 2029. L'astéroïde avait alors été classé au niveau 4 sur l'échelle de Turin, Cependant, de nouvelles observations ont précisé davantage sa trajectoire et ont écarté la possibilité d'une collision avec la Terre ou la Lune pour 2029. En effet, l'astéroïde doit alors passer à environ 30 000 km de cette première. Ou pas !

Les dernières informations transmises au public se voulaient rassurantes, Apophis passait à proximité de la terre à deux reprises chaque année, il devrait se trouver au plus près de nous, nous frôler les moustaches, le 13 avril 2029, à 33000 km de la terre, lors de cette révolution.

De retour devant son computer, Al regarda en vidéo sur le site de la NASA, l'intervention de son patron, Jim Bridenstine* qui s'exprimait sur le campus de l'université du Maryland, à college Park**.

Jim prévoyait un impact d'astéroïde important dans les soixante ans qui viennent. Une hypothèse fortement probable pour lui. Pour nous rassurer, il évoqua les corps cachés par le soleil qui peuvent surgir à tout moment et exploser comme à Tcheliabinsk le 15 février 2013. Des astéroïdes se découvraient chaque jour. Déjà plus de sept cents cette année.

Al se dit qu'il devait être encore plus vigilant. Ayant récolté les toutes dernières données, il relança les calculs de trajectoire. Le résultat lui parut suspect. Il ressaisit les données à mouliner, vérifia chaque entrée plusieurs fois. Le nouveau résultat confirma le précédent, une infime déviation de trajectoire. Al restait circonspect. Il passa le reste de son temps à récolter les dernières données transmises par les satellites et télescopes dédiés à Apophis. En fin de journée il actualisa de nouveau les paramètres concernant l'astéroïde, relança les calculs.

La déviation se confirmait.

Pire, elle s'accentuait...

James Frederick Bridenstine dit Jim Bridenstine, né le 15 juin 1975 à Ann Arbor, est un homme politique américain, représentant républicain de l'Oklahoma à la Chambre des représentants des États-Unis de 2013 à 2018.
Il devient Administrateur de la Nasa le 23 avril 2018.
**Alors que la sixième Conférence internationale de défense planétaire se tient sur le campus de l'université du Maryland à College Park, Jim Bridenstine*, a estimé que la Terre devrait connaître un impact d'astéroïdes d'ici soixante ans. « Ces événements ne sont pas rares, ils se produisent », rapporte News Republic.*
« Nous devons nous assurer que les gens comprennent qu'il ne s'agit pas d'Hollywood, ni de films. Il s'agit en fin de compte de protéger la seule planète que nous connaissons, pour accueillir la vie, la planète Terre » a-t-il déclaré.

Apophis: 23 avril 2029

Al décida de garder l'information pour lui. Demain il refera le point. C'est le genre d'annonce dont tu dois être sûr, il te faut bretelles plus ceinture, tenir ton froc d'une main ferme, si tu ne veux pas passer pour un clown et terminer ta carrière scientifique sous un flot de quolibets et d'injures.

Sa journée terminée, Al la joua banale. Comme toutes les autres. Il rentra chez lui sans rien changer à ses habitudes. Pour son retour, la pluie avait cessé. Le soleil jouait avec les cumulus à :

-un coup tu me vois, un coup tu ne me vois pas.

Al marchait sagement côté des numéros pairs, il ne constata aucune anomalie de numérotation. Les passants déambulaient ne se doutant de rien, la vie suivait son cours, tous faisaient comme si de rien n'était.

Lorsqu'il poussa la porte de son appartement, Maé, sa compagne, se trouvait déjà là. Maé, fille de viticulteur californien, un tempérament d'artiste. Mannequin aux formes harmonieuses réparties sur un mètre quatre-vingts, formée comme styliste au Fashion Institute of Design and Merchandising de Los Angeles. Institut qui se glorifie de compter parmi ses anciens élèves :

Lubov Azria,
Monique Lhuillier,
Pamela Skaist-Levy,
Randolph Duke,
Trish Summerville,
Mandi Line,
Salvador Perez...

Maé... En petite culotte et soutien-gorge, de longs cheveux bruns, bronzage intégral, un corps de déesse à faire fantasmer le plus blasé, allongée sur un tapis couleur sable, devant un écran télé connecté sur Youtube*, diffusant les clapotis du sac et du ressac de la marée. Pour accompagner, sortaient des enceintes « vintage JBL 4313B Control Monitor » d'un « Marantz PM-10 », des cris de mouettes rieuses, elles ajoutaient leur grain de sel, complétant la vidéo.

*https://www.youtube.com/watch?v=alh4hOuqFTo

Maé s'était mise en condition. Elle travaillait sur le projet de présentation d'une nouvelle collection de lingerie. Celle d'un jeune créateur très en vogue.

Al lui déposa un rapide baiser sur les cheveux pour ne pas perturber sa phase créative.

Il est évident, qu'Al, comme tous les hommes normalement constitués, la voyant dans cette tenue sensuelle, sur ce tapis évoquant le sable blond d'une plage des Caraïbes... sentit monté en lui une irrésistible envie. Une idée lui était venues, une autre forme de création. Il pris sur lui. Al savait se maîtriser. Pourtant le tenaillait cette terrible pulsion, ce besoin si grand... Il en avait un peu honte étant conscient que ce n'était pas le moment... Il avait vraiment du mal à ne pas succomber... à cet incontrôlable désir de la prendre par la main, de l'entraîner avec lui, pour faire enfin... des châteaux de sable. Ce tapis exprimais tellement la plage, le sable, les petits coquillages, les puces de mer qui chatouillent les doigts de pieds... et ces putains de mouettes, dont les cris emplissaient la pièce...

Al était à deux doigts de se saisir de son petit seau, celui en plastique avec l'anse verte, le dessin dessus de la belle étoile de mer toute rouge. À l'intérieur rangé dedans, dans des trous exprès d'un tamis jaune, sa pelle et son râteau. Le vert qui garde presque toutes ses dents. Un trésor qu'il gardait précieusement depuis sa petite enfance. Sa madeleine à lui.

Maé, des idées créatrices lui traversant l'esprit, cherchant à les traduire, Al ne devait pas interrompre l'inspiration en cours. Elle murmura un mot tendre, un automatisme, sans tourner son regard vers lui. Al compris que pour les châteaux de sable, aujourd'hui c'était compromis.

Ces créateur pour qui travaille Maé, comme les autres, beaucoup de cinéma pour modifier à la marge des vêtements, les mêmes depuis la nuit des temps. Une année plus large, une année plus étroit, mais toujours un devant, un derrière et deux jambières pour un pantalon.

Apophis: 23 avril 2029

Moi, se dit-il, pour créer un froc nouveau, je te révolutionne le concept, j'innove, je sors du conventionnel. Je te crée le pagnetalon. Un pagne qui part du cou, de larges fentes pour les bras, il descend jusqu'aux genoux. Il se continue par deux jambières partant des rotules, jambières-bas qui se terminent par des chaussettes à pouce séparé pour marcher en tongs.

Mon pagnetalon en le mettant aura le mérite de t'éviter de te coincer la peau des joyeuses dans une fermeture éclair, de t'entendre hurler comme un porc que l'on égorge...

Comme pour les jupes, il permettra de s'aérer l'échappement du fondement, de se ventiler le tube ludo-reproducteur, de se refroidir les sacs à graines de bois de lit.

Idéale comme fringue pour une future société apaisée, construite sur le modèle social des bonobos*...
Tout sera amour.

Un gargouillis de son estomac, tiraillement indiquant qu'il était l'heure de se positionner les coudes devant une assiette garnie. Ces signes explicites lui firent reprendre pied dans la réalité.

Al savait que ce soir, pour le repas, il ne devrait compter que sur lui.

Maé trop occupée n'avait pas la tête à ça. Congélateur et micro-ondes vinrent à son aide. Les gus qui ont inventé ces machines mériteraient largement le prix Nobel. Il sortit de son armoire cave une bouteille de
« Chardonnay reserve Robert Mondavi 1996 »,
la déboucha, huma le bouchon, sourit, versa délicatement le vin dans une carafe.

-Chéri que mange-t-on, demanda Maé, qui commençait à ressentir les effets de l'hypoglycémie, ses idées devenant moins pertinentes, elle piétinait sur son projet?

---

*Le Bonobo, Chimpanzé nain ou Chimpanzé pygmée (Pan paniscus) est une espèce de primates de la famille des Hominidés. Proche du Chimpanzé commun (Pan troglodytes), il s'en distingue surtout par une organisation sociale qui a recours aux relations sexuelles et à un bouc émissaire comme mode de résolution des conflits au sein du groupe.

-En apéritif, « cheesecake » marbré au « brownie », bouchées « au peanut butter », un verre de « Redneck limonade ».
-Pour l'entrée, des crevettes saganaki.
-En plat, des brochettes de kefta et labneh aux pistaches.
-Dessert, composé de fondant au chocolat.
-Café italien.

Maé en femme croyante, pratiquante parfois, fit une prière à American Frozen Foods.

Elle se redressa, chaussa ses escarpins et dit en baissant les yeux :

-je vais me vêtir, décence oblige pour dire le bénédicité. Je te rejoins à table.

Comme promis, elle revint. Elle n'avait ajouté à sa tenue qu'une large capeline en paille, surmontée d'un ara fort coloré.

-Béni soit Dieu le père, qui nous donna le jour
-Merci aux cuisiniers, qui nous chauffent le four
-Bon appétit mon ami, restons unis pour toujours...

Apophis: 23 avril 2029

3

Comté de Santa Clara, sud de la baie de San Francisco, entre Palo Alto Sunnyvale et Los Altos. Température idéale 26°C. Légère brise.
Les deux Big Boss d'un géant du numérique, devenus milliardaires en répondant aux questions des internautes, commençaient sérieusement à s'en poser.
Juste retour des choses.
Ils avaient convoqué le staff de haut niveau, les tronches créatrices, les imaginatifs, dans leur siège social du 1600 Amphitheatre Parkway, à Montain View (Californie).
Une consigne impérative:
-ne parlez à personne de la réunion, détruisez cette invitation, elle n'a jamais existé.
Larry, poursuivant la deuxième partie de sa quarantaine, cheveux indisciplinés grisonnants, en veste sur son éternel T-Shirt, consultait le mémo que lui avaient remis ses services de surveillance des géocroiseurs. Les variations constatées depuis peu de la trajectoire d'Apophis, les inquiétaient, lui et son associé Sergey. Devenir immortel, modifier les souvenirs, injecter le savoir, c'était leurs aspirations, mais partir en fumée avec le reste des êtres vivants

de la surface de la terre à l'échéance de dix ans. Une hypothèse pas prévue dans leur business plan.

Sergey, son presque jumeau, né en Russie, actuellement dans une de ses périodes barbues, exceptionnellement en chemise blanche, venait d'arriver sur le parking de cet immense complexe, aux toits entièrement recouverts de panneaux solaires.

Comme Lary il avait lu le mémo. Les équations extrapolant l'orbite d'Apophis, lors de ses deux passages annuels près de la terre, à chacune de ses révolutions, indiquaient un risque grave de collision dans les dix ans. L'impact signifierait une onde de choc dégageant une énergie phénoménale, une production instantanée de chaleur gigantesque, des pulvérisations de matière dans l'atmosphère, si importantes, qu'elles masqueraient le soleil pendant des mois, des déclenchements d'éruptions volcaniques, une période de glaciation et la nuit jusqu'à la fin des retombées des projections. Le résultat sera la destruction d'une grande partie des espèces animales et végétales vivant sur terre, pour ne pas dire toutes. Particulièrement celle de l'espèce humaine, une des moins adaptées à survivre à de tels cataclysmes. Si par miracle subsistaient quelques survivants, tant est grande la dépendance créée par le système marchand, par des facilités, par des interdictions, ils serait incapables de subvenir à leurs besoins vitaux... même s'il restait des sources de nourritures, plantes, animaux, poissons. Le résultat navrant d'années et d'années de dés-apprentissage des gestes de survie et de possibilités de vie en autonomie. Le système décrétant l'autarcie insurrectionnelle, n'acceptant pour ses sujets que la dépendance.

La firme organisait cette réunion de crise à laquelle elle avait convié les dirigeants et fondateurs de ses amis, ceux régnants chacun dans leur domaine sur le marché mondial des nouvelles technologies.

Être milliardaire c'est bien. Être vivant pour en profiter c'est encore mieux.

La salle des secrets avait une vue imprenable sur les monts Santa Cruz. Tout était prêt pour la réunion, boissons bio sans

Apophis: 23 avril 2029

calories, en-cas bio sans gluten ni tout autres molécules que la dernière mode avait pestiféré.

Après les tapes dans le dos d'usage en guise de bienvenue entre grands dirigeants pesant chacun plusieurs billions de dollars, des poignées de main distribuées aux meilleurs cerveaux de chaque entité, ils prirent place autour de la grande table ovale. Ils étaient vingt-trois.
La cène avait fructifié...
Vingt-trois, un nombre premier.
Un hasard ?

La porte fermée à clef, les brouilleurs de téléphones actifs, les détecteurs de micro opérationnels, les fenêtres anti-vibrations aux vitres miroirs sans tain hermétiquement closes, tout était activé pour que rien ne filtre de la réunion.

Un propos liminaire de Sergey mis fin aux envies d'indiscipline de ces joyeux lurons. Pour matérialiser ses dires, un écran descendit du plafond, une courte présentation d'Apophis introduisit la séance.

-99942 est un géocroiseur de type sidérite de 325 mètres de diamètre, d'une masse de 40 à 50 millions de tonnes, suivant une orbite solaire proche de celle de la terre. Il la croise à deux reprises à chacune de ses révolutions. Révolution qu'il accomplit en 323 jours et demi, à la vitesse de 30,73 km/s.

Pour un quidam parachuté dans la salle, l'importance de cette réunion se confirmerait par la présence des membres fondateurs, de la société hôte, Larry et Sergey déjà présentés, du PDG, Sundar, né en Inde, plus âgé d'un an que les fondateurs, de la directrice financière Ruth, formée à la London School of Economics, leur aînée d'une quinzaine d'années. Les avaient rejoints des confrères en situation de quasi-monopole: Arthur successeur de Steve, des téléphones à pomme, le doyen, Bill qui termine la première partie de sa soixantaine, le roi du logiciel à fenêtres, portant encore à la boutonnière le deuil de Paul son ainé de deux ans, son associé et son ami de Seattle, Satya leur CEO, Mark la trentaine dépassée, du fameux réseau social des têtes et des pouces, Elon approchant de la cinquantaine, d'origine Sud-Africaine, Big boss de l'autre façon d'acquitter ses achats, de fusées pour l'espace, des voitures non thermiques au nom d'un Génie mais qui n'utilisaient pas son invention, Jeff, à mi chemin entre la cinquantaine et la soixantaine, un gars d'Albuquerque, de la vente en ligne livrée en drone et du journal local, Brian son directeur financier.

Après le film de présentation, la réunion commença par cette phrase de Lary qui restera:

-nos calculs sont formels, 99942 Apophis arrive droit sur nous, il va nous percuter, pour les non préparés, ce sera la fin du monde. La terre va vivre une nouvelle grande extinction des espèces.

De calcul de trajectoire en calcul de trajectoire, nous vérifions que sa course est déviée par une force inconnue. Comme vous le savez tous, Apophis est une sidérite. La force qui agit sur elle a probablement pour origine un puissant champ d'ondes magnétique. Nous avons pour hypothèse que ce champ émane de la grande conscience quantique. Il n'y a donc pas de solutions physiques pour résoudre ce problème. Modifier chaque inconscience animale, végétale, minérale, briques qui construisent cette grande conscience quantique, ce en moins de dix ans, est une tâche qu'Héraclès* lui-même ne pourrait mener à bien. Devant l'orientation prise par l'humanité, les risques insensés qu'elle fait courir à toutes les autres espèces, l'ensemble des consciences humaines, animales, végétales, minérales de notre monde connu, génère un rejet de ce que nous sommes, de notre société globalisée et globalisante. Cela se traduit par une volonté de suicide collectif de l'humanité, pour se faire Apophis sera utilisé.

*Alcide, fils de Zeus et d'Alcmène, est l'un des héros les plus vénérés de la Grèce antique. La mythologie grecque lui prête un très grand nombre d'aventures qui le voient voyager à travers le monde connu des Doriens puis dans toute la Méditerranée, à partir de l'expansion de la Grande-Grèce, jusqu'aux Enfers. Les plus célèbres de ses exploits sont les douze travaux. Il est mentionné dans la littérature grecque dès Homère.

Apophis: 23 avril 2029

Dans la salle, si un diptère de genre musca avait réussi à s'y introduire, en passant les contrôles au péril de sa vie, chacun l'aurait distinctement entendu voler. Sauf peut-être Bill qui perdait un peu d'acuité auditive avec l'âge.

Sergey prit la parole à son tour.

-Nous sommes la fin de chaîne des responsables de cette catastrophe écologique, de ce pillage irresponsable des ressources que la planète a offertes à nos ancêtres et qu'elle tenait à la disposition des générations futures. Nous représentons les derniers maillons, les pires.

Le mauvais choix, la mauvaise orientation débute au moment où, dans les esprits humains, nous sommes passés de:
"nous appartenons à la terre"
à
"la terre nous appartient".

Pour faire simple, lorsque Sapiens Sapiens a éradiqué les autres espèces humaines, Néanderthalensis, Heidelbergensis, Denisova, Floresiensis. Lorsque le matérialisme a vaincu l'esprit, le spirituel.

-Nous, et notre monde de plus en plus cupide, nous en avons accéléré le mouvement. C'est un fait. Il est trop tard pour modifier les événements qui nous attendent. Ils sont inéluctables. Il nous faut faire avec.

Lary reprit la parole, un show bien rodé.

-Il nous reste à trouver des solutions pour notre avenir, en prenant en compte toutes les conséquences de ce qui va advenir. C'est dans ce but que nous vous avons tous conviés aujourd'hui. Nous avons besoin de mutualiser nos expériences, nos recherches. C'est pour nous tous ici une question de survie. L'impact de la collision va rendre notre planète invivable pour quelques mois. Notre mission est de sauver ce qui peut l'être, ce qui mérite de l'être, de préserver la possibilité de régénérer une nouvelle espèce humaine, de définir de nouvelles bases.

God bless us.
Sergey reprit la parole, des experts en stéréophonie.

-En dehors de sauver nos vies, grâce à nos avancées scientifiques nous allons recréer un humain parfait, sans maladies, sans anomalies, immortel, tournée vers la connaissance. Nous sommes très avancés en ce domaine, beaucoup plus que ce que nous avons déjà communiqué. Notre discrétion, notre réserve, sont nécessaires pour ne pas avoir de bâtons dans les roues par toutes les associations rétrogrades et incultes. Nous adjoindrons à cet humain 2.0 les êtres vivants et les plantes complémentaires indispensables à son bon équilibre et à son harmonie. La grande conscience a décidé de tout éradiquer. Une chance unique pour nous de tout recréer, de réaliser le monde dont nous rêvons. Nous, tous réunis ici, en mettant en commun nos savoirs, nos pouvoirs, nous pouvons être Dieu, mieux même, notre homme 2.0 sera lui parfait. Individuellement nous resterons presque rien, pire dans dix ans plus rien du tout. Dans le monde nouveau, nous devrons induire une nouvelle conscience quantique qui nous ressemble, que nous maîtriserons.

Lary d'un ton plus grave poursuivit.

-Huit à dix milliards de victimes collatérales, les prévisions de la population mondiale au moment de l'impact avec le Dieu des forces du mal, Apophis, The Big Holocauste. Cette fois notre espèce ne doit pas disparaître comme les dinosaures lors de la collision du précédent astéroïde, ou de la gigantesque éruption volcanique, voire des deux en concomitance. L'origine de cette source inconsciente de légendes, gravée dans nos gênes, qui donne naissance au mythe du déluge dans toutes les civilisations. À Noé, à son arche, l'allégorie pour expliquer le sauvetage des gènes de toutes les espèces, mythe pour les chrétiens, condition pour nous nécessaire pour tout recommencer.

Sergey reprit le flambeau.

-La résultante de cet ancien drame: les mammifères avaient remplacé les dinosaures.

Apophis: 23 avril 2029

Lors de la prochaine extinction de masse, les arachnides espèrent prendre notre place, ils sont prêts, aux aguets, certains protégés dans les entrailles de la terre, sont leurs élus pour réinvestir la planète. Ces futurs survivants se préparent à mettre en marche leur évolution.

-Nous devons être plus malins qu'eux !

-Nous avons de bonnes cartes dans notre jeu !

-L'homme actuel ne doit être remplacé que par notre homme nouveau, celui que nous sommes en train de finaliser.

Lary à nouveau

-Il serait bon qu'il ne soit pas en compétition avec l'ancien... S'il reste trop de survivants « old school » au démarrage de l'expérience, la loi du nombre lui serait défavorable, voire fatale. Nous ne pouvons nous permettre de gâcher une telle chance. Nous devons tout faire pour que notre homme 2.0 devienne l'avenir de l'humanité.

Dans un sens nous pouvons dire:
God bless Apophis.
Sergey reprit la parole.

-Mes amis, l'heure est grave, nous avons dix ans pour préserver toutes les connaissances acquises par l'humanité, accumulées par toutes les civilisations qui se sont succédé, pour conserver notre histoire, le patrimoine de l'humanité dans sa globalité. Nous allons mettre en commun nos ressources pour, le moment venu, exfiltrer de la terre ceux qui devront participer à son repeuplement par notre homme nouveau.
Lary enchaîna :

-D'un point de vue opérationnel, nous devrons mettre en orbite sûre, notre station spatiale, la nouvelle « Arche » Arche II qui abritera:

-toutes les données numérisées de l'histoire humaine. Cette tâche est aisée, presque tout est déjà réalisé. Larry et Jimmy nous rejoindront, avec les encyclopédies universelles ils avaient anticipé.

Remercions tous les contributeurs anonymes qui vont malheureusement disparaître.

Prions pour eux.

-le stock de tous les gènes mâles et femelles du vivant et des plantes indispensables aux biosystèmes. Le séquençage des génomes déjà réalisés nous facilite la tâche et nous épargne du budget.

-les femmes et les hommes nécessaires, par leurs connaissances et leur génie, au grand recommencement.

-les vivres pour attendre la fin des retombées des poussières générées par l'impact, la dispersion des fumées des incendies déclenchés, et la redescente des températures du globe, puis la période de glaciation qui suivra, tant que le rayonnement solaire ne nous parviendra plus.

-le système de commande de la station et des navettes de retour, celui basé sur terre deviendra inutilisable.

-Avant l'impact, nous devons aussi construire, profondément sous terre pour résister à la fournaise temporaire, à Nellis Force Range, dans le Nevada, endroit qui sera gardé secret par la base 51, un lieu sûr pour nous accueillir à notre retour sur terre pendant la période transitoire. Cet abri nous permettra d'attendre la possible reprise de possession des surfaces terrestres, les conditions de vie redevenues acceptables, et d'effectuer le repeuplement des humains 2.0.

Ce refuge souterrain devra être équipé des systèmes de production d'énergie libre de Nikola Tesla, d'installations de permacultures, de laboratoires équipés d'utérus artificiels, d'incubateurs, de couveuses, nécessaires à la gestation des espèces vivipares, ovipares, en plus d'une unité médicale complète.

-Chacune de nos compagnies prendra sous sa responsabilité, secrètement, la mise en œuvre d'un pan de ce programme.

-Aucune information sur les sujets que nous venons d'aborder ne devra sortir de cette salle. Nous devons rendre impossible la diffusion de la nouvelle de cette catastrophe planétaire. L'étroite

Apophis: 23 avril 2029

surveillance des chercheurs du CNeoS est une priorité. Leurs informations doivent rester secret défense. Il est primordial de ne pas affoler les populations qui pourraient se décourager et nous priver des moyens techniques et financiers nécessaires à l'accomplissement de notre mission, d'une part, de tenter de trouver les moyens de se protéger pour sauver leur vie, d'autre part. Ceci pourrait contrecarrer la réussite de notre mission, en générant des guerres pour s'approprier les vivres et gaspiller leur énergie à creuser dans les profondeurs de la terre des abris pour tenter de survivre. Un tel chaos s'ensuivrait qu'il pourrait être la cause de l'extinction de l'espèce humaine sans avoir besoin de la participation d'Apophis. Le secret absolu est donc de rigueur.

-In God we trust.

-In us we trust!

Patrick, un collègue de Jim à la NSA, aux commandes de son drone cherchait à savoir ce qui se tramait derrière ces vitres opaques. Un tel rassemblement de dirigeant des plus grandes, des plus innovantes entreprises du pays, voire de la planète, n'avait certainement pas pour objet une partie de poker, ou de faire tourner des tables. Ces gus à l'ego surdimensionné avaient une vision d'unification planétaire pour en prendre le leadership. Ils effectuaient des recherches sur l'immortalité, l'eugénisme de Lord Galton, sur le contrôle de la pensée, l'acquisition artificielle de savoir.

Les micros directionnels pointés sur les vibrations des vitres de la salle de réunion cherchaient à décrypter ce qui pouvait se dire. Rien, il n'arrivait pas à capter la moindre bribe de ce que ces comploteurs pouvaient tramer.

Dans une maison particulière de Dell avenue, au 443, deux chamans, un Cherokee et un Aborigène Australien. Avec eux ils avaient apporté des racines de Silene Capensis, le Rêve Xhosa, des graines de Celastrus Paniculatus, l'arbre de l'intellect, des fleurs de lotus bleu, des asperges sauvages, des graines d'Entada Rheedii, et d'autres plantes aidant à la concentration sur les ondes cérébrales.

American Best Seller

Les rituels exécutés, les potions ingurgités, les méditations effectuées, leurs cerveaux en phase, ils étaient prêts. Ils tentèrent de se mettre en relation avec les ondes cérébrales des comploteurs du 1600 Amphitheatre Parkway.
George, à Washington, s'était associé à eux par la pensée, leurs amis d'Ayer Rock* aussi.
Les informations leur parvenaient.
Le plan commençait à prendre tournure.

**Uluru, aussi connu sous le nom d'Ayers Rock, est un inselberg en grès situé dans le Territoire du Nord, au centre de l'île principale de l'Australie. Il s'élève à 348 mètres au-dessus de la plaine. C'est un lieu sacré pour les peuples aborigènes Pitjantjatjara et Yankunytjatjara, à la base duquel ils pratiquent parfois des rituels et réalisent des peintures rupestres d'une grande importance culturelle. Ceci combiné à ses singularités géologiques et hydrologiques, ainsi qu'aux remarquables teintes qu'il peut prendre, en particulier au coucher du soleil, en a fait un des emblèmes de l'Australie, depuis sa découverte par les Occidentaux en 1873.*
Il est classé sur la liste du patrimoine mondial de l'UNESCO au travers du parc national d'Uluru-Kata Tjuta dont il est, avec les Kata Tjuta (aussi connus sous le nom de monts Olga), l'une des formations emblématiques. Ce parc protège des espèces fragiles, adaptées au climat aride de l'outback, et qui constituent une ressource importante pour les Anangu. Il est devenu une attraction touristique phare à partir des années 1940. Ce statut a provoqué diverses réactions des aborigènes, qui eux-mêmes ne pratiquent pas l'ascension du rocher en raison de son importance spirituelle. Ils déplorent également que certains des 400 000 touristes qui défilent chaque année s'aventurent à escalader le rocher, y laissant parfois leur vie. Ils demandent et obtiennent l'interdiction définitive de l'ascension, qui entre en vigueur le 26 octobre 2019.

Apophis: 23 avril 2029

4

Al marchait en automate, tout à ses pensées. Apophis, l'impact, la vie rayée provisoirement ? Définitivement ? de la surface de la planète. Qui prendra la suite ? Qui seront nos mammifères pour succéder aux dinosaures que nous sommes. Si c'était la vraie fin ? Si personne, rien, ne prenait notre place. Si la vie redémarrait oui, mais sur une autre planète, dans une autre galaxie.

Dans sa tête se mélangeait "Eve of Destruction" de Barry McGuire et de "I Feel Like I'm Fixin' to Die" de Country Joe and the Fish.

Ce géocroiseur allait le temps d'un claquement de doigt, anéantir des millénaires d'évolution humaine, animale, végétale. Peut-être la totalité des êtres vivants du plus petit au plus grand, même les microscopiques... là c'est pour filer le bourdon aux levures, virus, prions et bactéries qui se pensaient tirer d'affaire... si ces putains de calculs se confirmaient.

Perdu dans cette vision d'apocalypse, Al eut un flash. Une publicité pour un organisme de crédit. Il éclata de rire. Putain, je vais prendre des crédits sur trente ans. Faut se manier avant que la nouvelle ne s'ébruite. Puis plus sérieux, chassez le rationnel il revient au galop. Les banques sont capables de bloquer les crédits remboursables après le 22 avril 2029. Dirigées par des boutiquiers à courte vue, à courtes pensées, n'ayant pas d'autres horizons que leurs bonus de fin de trimestre... alors que le 24 avril, sur leurs tas de dollars en cendres, il ne restera plus d'eux qu'un résidu carboné. Ils ne seront plus là, leur monnaie deviendra de la monnaie de singe... plus de banque, plus de fric, plus de système, plus personne...

Les arachnides se foutent des dollars comme des roubles, ils l'expriment sur la toile, la leur...

Ce cauchemar qui se profilait lui donnait raison d'avoir été modéré sur sa reproduction. Il n'avait pas disséminé sa semence aux quatre coins de l'univers. Il n'avait pas associé ses gènes à ceux de ses copines pour assurer une descendance... Descendance ou pas, à la station Apophis, tout le monde descend. Au-delà de cette limite vos billets de vie ne sont plus valables. Ne pas avoir d'enfants évitera le reproche de les avoir conçus pour que, sans atteindre leur majorité, ils ne s'envolent en fumée. La graine de bois de lits passée par pertes et profits. Que le putain de réchauffement de la terre, pour eux, ne sera pas de deux, de quatre ou de sept petits degrés, mais de plusieurs millions, en un claquement de doigt, une fraction de seconde.

Du brutal. Pas du progressif pour petits joueurs pleurnichards qui trépignent devant un sigle CO^2 en minaudant que c'est très caca, que c'est vilain pas beau. Un phénomène si rapide, tu n'as pas le temps de te défaire de ton passe-montagne, tu passes d'en sueur à en cendres, sans avoir le temps de t'acclimater.

Al croisait, sans les voir, des passants aux regards obliques. Après l'avoir dépassé, les gus se regardaient tous les arpions. Rassurés ils poursuivaient leurs routes le sourire aux lèvres pour les plus introvertis, se bidonnant pour les plus expansifs.

Al était plus que préoccupé, par anticipation il flippait, se bouffait la rate en court-bouillon, le troufignon en vinaigrette.

Pour se calmer l'angoisse, il revoyait mentalement les données du calcul de la trajectoire d'Apophis, cherchait une erreur possible

Apophis: 23 avril 2029

d'entrée des données. Ça le turlupinait tellement, qu'il était parti de chez lui en baskets dépareillées. Une Nike Zoom KD12 bye Royce O'Neale jaune fluo au pied gauche, une Nike Zoom KD12 « You Tube » d'un rouge écarlate à droite. Une explication pour le sourire des matinaux, au goût conventionnel question cache-pieds, qui le croisaient sur Hidden Figures Way.

Même Clinton qui promenait George esquissa un sourire. Pourquoi un chien ne sourirait-il pas. Sourire n'est pas réservé aux chauves pensa Clinton très en verve ce matin !

Lorsqu'il pénétra dans le hall du 300, Al identifia son badge en même temps qu'Ana qui marchait à quelques pas de lui. Il ne l'avait toujours pas remarquée. C'est dire s'il était préoccupé. Dans l'ascenseur avaient déjà pris place Glen et Ray, deux collègues de son service, qu'il salua en ajoutant:

-il faut que l'on fasse un point en fin de matinée.

Ana, robe noire, veste rouge, un long collier ethnique rouge et or égayant sa robe, les cheveux libres sur les épaules, la peau hâlée, était resplendissante. Elle leur adressa un sourire. Al perdu dans ses pensées, ne le remarqua pas. Puis baissant le regard vers le sol, elle réprima un rire nerveux.

Ray lui, avait l'esprit totalement libre pour apprécier la beauté de la belle. Il savait que le plus court chemin pour aller d'un point à un autre était la ligne droite. Ce matin il n'en démordrait pas, il y a des moments dans la vie où les courbes sont préférables. Devant Ana il choisissait le chemin le plus long à l'œil, le plus agréable. Il s'approcha d'elle pour profiter de son parfum. Il ajoutait le plaisir olfactif à celui de la vue. Il se fit une raison, le goût et le toucher resteraient sur leur faim. Les hormones ne dispensent pas de rester gentleman.

Glen plus terre à terre se contenta de bander. Normal un divorcé de fraîche date, la raison se laisse déborder par l'alliance de l'hypothalamus et des systèmes endocriniens.

Ana semblait heureuse ce matin, Ray crut même entendre

dans sa tête, Roberto Leal chanter de sa voix de velours "Terra da Maria".

L'ouïe rejoignait la vue et l'odorat dans le camp des sens comblés. L'ascenseur s'arrêta, Ana sortit la première, sur ses escarpins, d'une démarche volontaire, elle regagna son bureau au service de documentation. Glen et Ray suivirent des yeux les mouvements du bas de ses reins. Al lui restait sur ses visions d'explosions.

Dans le service du CNeoS, John et Robby avaient devancé le trio. La tête dans leurs écrans ils se contentèrent d'un "Hi boys" à l'arrivée de leurs trois collègues.

Ce matin Al ignora la machine à café. Il n'avait aucun mérite, cette dernière délivrait une mixture exécrable qui méritait que l'on fasse un large détour... pour l'éviter.

Il se connecta sur le Jet Propulsion Laboratory* site d'observation des astéroïdes potentiellement dangereux en approche de la terre.

Soixante-treize répondaient à la définition:

-faire, au minimum, vingt mètres de diamètre et croiser notre planète à moins de huit millions de kilomètres dans les douze prochains mois.

-Un seul passera le premier septembre 2020 à la vitesse de 8,4 km/s à moins de 80000 km de la terre, 2011 ES4, un astéroïde de 20 à 43 mètres.

*Le Jet Propulsion Laboratory, plus connu sous son acronyme JPL, basé à Pasadena (Californie) aux États-Unis, est un centre de recherche spatiale de la NASA géré par le California Institute of Technology créé en 1936. Il dispose d'une expertise sans équivalent dans le domaine des missions spatiales robotiques. Au sein de l'agence spatiale américaine le JPL développe les missions d'exploration du système solaire en particulier à destination de Mars (mission Mars Exploration Rover, Mars Science Laboratory, InSight, Mars 2020...) et des planètes externes (Cassini, Europa Clipper, ...) ainsi que des missions scientifiques d'observation de la Terre et d'astronomie spatiale. Le JPL gère également le réseau de stations terriennes Deep Space Network qui permet à l'agence spatiale de communiquer avec ses sondes spatiales interplanétaires. Le JPL emploie en 2017 environ 6 000 personnes. Sur le plan statutaire il s'agit d'un centre de recherche financé par l'état fédéral mais géré par un organisme privé (Federally funded research and development center).

Apophis: 23 avril 2029

Al récupéra les dernières observations reçues sur la trajectoire d'Apophis, il les injecta dans son logiciel de calcul. Lorsque le résultat apparut, sans surprise, il confirma ceux de la veille. Il montrait une accentuation constante de la déviation de la trajectoire. Al demanda à Ray, John, Glen et Robby de le rejoindre pour le lunch.

Le self dirigé par une équipe qui se voulait dans l'air du temps, n'en était pas à une idée à la con près. La lubie du jour le végan. Une journée entière à ne servir que de la bouffe de poule, des graines, des graines. À la fin de la journée, tu ne vas pas chier... tu vas pondre... si t'as des toilettes sèches, celles garnies de copeaux, t'en fais un nid. Tu as des jours comme ça qui débutent dans la loose, et qui n'en démordent pas.

Al devant les présentations ne savait que choisir. Du choix il n'en avait que l'embarras dans lequel il était pour trouver une assiette plus ou moins comestible. Tout lui semblait plus que varié, avarié... vraiment rien pour lui donner envie. Envie de manger, certainement pas, de vomir là, la probabilité augmentait ses chances. Il se résigna à se lancer dans l'inconnu. Il se dirigea vers ses collègues plus rapides pour prendre une décision, ou décider à abréger leur supplice, ils s'étaient saisis d'une écuelle.

Devant des galettes de tofu au chou chinois, un hamburger au steak de soja et un verre de lait d'amande, Al leur fit part de son observation. Selon ses calculs du matin, qui confirmaient ceux de la veille, la déviation de trajectoire de l'astéroïde, si elle se poursuivait avec la même amplitude, impliquait qu'Apophis nous percutera le vendredi 13 avril 2029.

Glen le regarda droit dans les yeux. Déjà la bouffe du jour lui dézinguait le moral, maintenant Al tenter de l'achever avec ses nouvelles. Putain le suicide serait plus doux que cette journée de merde. Puis considérant qu'en toutes circonstances l'important est de garder son humour.

-Tu veux que l'on prenne au sérieux un gars qui ne sait

toujours pas distinguer sa droite de sa gauche. Le matin, ta nourrice doit t'équiper de chaussures de couleurs différentes pour que tu saches de quel côté tourner pour gagner ton bureau... tourne deux fois à jaune mon petit Al, maintenant tourne une fois à rouge mon garçon...

Huit yeux contemplèrent ses pieds, quatre gorges se mirent à rire. John positivait toujours. C'était le seul gus pour annoncer une bonne nouvelle à un gars qui venait de se faire amputer des bras. Capable de sortir que le prix des doudounes sans manches est bien plus bas que celles qui en possèdent... à un autre qui dans un accident venait de perdre la vue et avait eu les oreilles coupées, il lui expliqua la chance qu'il avait de ne plus avoir à porter de lunettes. Quelle que soit la situation il trouvait un avantage. Le mot optimiste venait de son grand-père Bill Optime. Cette fois il ajouta:

-La fin du monde, enfin une bonne nouvelle, nous ne serons plus obligés de bouffer ces saloperies végan. À avaler c'est dégueulasse, j'ai peur qu'à chier ce soit pire.
Al haussa les épaules.

-Pouvez-vous redevenir sérieux, dix ans de temps restant à vivre c'est peu. J'ai plus envie de flipper que de rire.

-Dix ans, un maximum, à condition que tu évites les taxis en traversant Hidden Figures Way. Il te reste peut-être beaucoup moins... Que tu flippes ou que tu ris, cela ne changera pas le cours des choses. Passons nos dernières années à nous fendre la gueule, tu ne veux pas qu'en plus, à nous angoisser, nous nous créions des ulcères à l'estomac.

-Putain la poisse du vendredi 13. Remarque pour tes crédits sur trente ans obtenus pour payer ta maison et financer ta retraite c'est plutôt positif... tu ne rembourseras pas tout, tu te trouves gagnant, remercie Apophis, il te fait gagner du pognon, plaisanta Robby, pour détendre l'atmosphère. Puis prenant une pause pour réfléchir. Bien que pour ta maison je ne sois pas certain que ce soit un bon investissement, imagine que le géocroiseur décide de se garer

Apophis: 23 avril 2029

dans ton garage.

Glen qui ne suivait lui que les révolutions de 1950 DA 29075 lui confia tout sourire:

-Tu m'enlèves une épine du pied, moi je prévoyais la collision avec mon astéroïde le samedi 16 mars 2880. J'avais une trouille bleue de vous gâcher la fin du week-end qui suivra. L'arrivée d'Apophis, représente aussi un danger que vous passez sous silence les gars, la viande sur le barbecue risque d'être trop cuite... ça va dégager de la dioxine, à long terme ce n'est pas bon pour la santé. Les hétérocycliques sont cancérigènes. Il ne faut surtout pas la bouffer calciner la barbaque du barbecue.

-Nous éviterons aussi la corvée du dimanche matin au temple, et les sermons à la con du pasteur, plaisanta Ray.

-Parle pour toi, moi c'est à la synagogue le samedi pour Chaharit.

Pour Apophis, pouvons-nous garder cette découverte secrète comme les autorités nous en conjurent, quel que soit le corps céleste étudié, se demanda John.

-Nous devons nous plier à cette règle, dit Robby, elle figure dans notre contrat de confidentialité. Facile à dire tant que nous n'y sommes pas confrontés, maintenant d'un point de vue morale ça pêche un peu.

John maugréa.

-Je vais y réfléchir.

Leurs mandibules continuèrent de s'acharner sur leurs hamburgers végétaliens. Entre deux mastications, deux bouchées avalées sans plaisir ils échangèrent sur un ton plus léger.

Ray, s'adressant à Al:

-Maintenant je m'explique ta mine renfrognée de ce matin, tu espérais ne pas confirmer tes calculs de la veille. Moi je croyais que tu avais tenté une approche sur Ana et que tu t'étais pris un râteau maison.

S'adressant aux trois autres.

-Ce matin dans l'ascenseur il n'a même pas calculé Ana, elle s'était fendu d'un sourire, ce con avait une ouverture, il n'a rien vu, lui qui d'habitude, à sa simple vue, a le caleçon en émoi.

-Ne me confond pas avec Glen. Putain, vous ne pouvez pas rester sérieux cinq minutes? jura Al.

-Crois-tu que la vie soit sérieuse lui demanda Robby.

Glen, Ray, Robby et John partirent dans leur fou rire.

Ana fit son entrée dans la salle des supplices gustatifs. Elle chercha une table, reconnu ses amies Margaret et Samira, se dirigea vers elles pour prendre place à leurs côtés. Ana avait choisi une assiette de Feijoada où le porc avait été remplacé par un steak de soja, végan oblige, un Vatapa sans crevettes, un Brigadeiro en dessert, et pour ouvrir l'appétit, un verre de Caipirinha orné de sa rondelle de citron vert. Mary déjeunait à l'extérieur, le végan très peu pour elle. Avec Naej-ass elle était certaine de ne pas rester sans déguster de viande, même à genoux elle était certaine d'y avoir droit.

Ray qui avait suivi l'arrivée d'Ana, entre deux quintes de rire se tourna vers Glen.

-La seule chose sérieuse dans la vie c'est que Glen arrive à conclure avec Ana, avant qu'Apophis ne le prive définitivement de toutes possibilités d'érection.

-Putain, vous êtes vraiment trop cons..

Apophis: 23 avril 2029

5

Toute la nuit John avait cogité, toute la nuit ce n'est pas long, mais ce n'est pas une raison, pour fuir les bras de Morphée, aurait pu chanter Dick Rivers*. Toute la nuit, il était passé de certitude à interrogation. Pas fermé l'œil. En réalité pas fermé le deuxième non plus. Il avait pesé le pour, le contre, les risques pour sa carrière, pour sa vie. S'était battu avec sa conscience. Toute la nuit, comme Blanquette la chèvre de Monsieur Seguin**. Cette fois le loup semblait avoir perdu. La chèvre John l'avait encorné.

John s'était décidé à révéler au monde ce danger que les autorités espéraient taire. Apophis, la collision, l'immense holocauste qui menacera tout ou partie de l'humanité. Il en avait plus que marre de tous ces mystères, ces cachotteries, ces non-dits pour ne pas apeurer les peuples considérés comme des enfants. Secret pour que le business se déroule jusqu'au dernier jour, la dernière heure, la dernière seconde. Pour sauver l'économie, les intérêts privés.

*Hervé Forneri, dit Dick Rivers, est un chanteur de rock français né le 24 avril 19461 à Nice dans les Alpes-Maritimes et mort le 24 avril 2019 à Neuilly-sur-Seine, à l'âge de 73 ans.
Au cours de ses cinquante-cinq ans de carrière, il a enregistré trente-trois albums studio et trois albums live.

**dans la nouvelle de Paul Arène, celle des « Lettres de mon moulin », nouvelle attribuée à Alphonse Daudet, très inspirée de la 6 ème épigramme de Théocrite de Syracuse

Alors qu'à S+1 il n'y ait plus rien. Ni hommes ni biens.
Tout ça pour quoi ?
Tout ça pour qui ?

    Le peuple américain, ses compatriotes, étaient des adultes, ils méritaient de savoir. Ils avaient le droit de pouvoir choisir leur fin de vie. Pour leur dernière fois, de décider seuls. Il faut arrêter de les prendre pour des débiles. Pourquoi nos édiles, nos gouvernants considèrent-ils toujours leurs peuples comme des immatures sous tutelle ? Il n'y a pas deux catégories d'humains, les décideurs comprenant tout, les corvéables bêtes à manger du foin.

    Depuis des décennies, le système fait tout pour endormir les peuples, les anesthésier, les rendre idiots, les faire devenir des subissant sans poser de questions. Ils réfléchissent pour eux, leur disent le bien, le mal, ce qu'il est bon de penser, déterminent sans les consulter ce qui sera bon pour eux... ils ne leur donnent plus jamais accès à la parole. Lorsqu'ils le font, c'est pour les brocarder, les insulter, les mépriser, les calomnier, ne pas tenir compte de leur avis.

    Exaspéré, John allait tout balancer.

    Aujourd'hui devant la gravité de la prévision, les conséquences pour l'humanité, il estimait ne plus avoir le droit de se taire. Une question de dignité, de pouvoir se regarder en face. Lanceur d'alertes.

    Là il en était bien devant, cela en était une de putain d'alerte. Un danger plus grave, John ne voyait pas. La mort de Dieu ? Avec celle des hommes, elle en sera la conséquence, Dieu n'étant à travers les temps et les âges, à toutes les époques, chez tous les peuples, que leur invention pour bâtir leurs civilisations. L'idée fédératrice, le générateur d'autorité, le dénominateur commun pour le vivre ensemble, rendant possible de grandes communautés.

    Si chaque citoyen du monde libre renonçait à son devoir de crier la vérité dans ce brouhaha de mensonges, il n'y aurait plus rien à espérer. Ce ne sont pas sur les gus formatés par les dictatures politiques, celles morales... les pires, que l'on puisse connaître.

Apophis: 23 avril 2029

John allait avertir le Washington Post* de l'apocalypse que Apophis nous préparait. Il y avait un risque, une censure, le nouveau propriétaire faisait partie des quelques grands qui entendent s'octroyer le pouvoir de diriger le monde. Billionaires qui, parce qu'ils sont peu nombreux, espèrent tirer leur épingle du jeu.

Son article rédigé, peaufiné, incluait les calculs, les données actualisées des satellites, les anciennes, l'historique des trajectoires, celle de la nouvelle révolution. Toutes ces preuves de la déviation de la trajectoire actuelle, déviation rendant caduques toutes les prévisions rassurantes, émises à juste titre jusqu'alors. La nature ferrique du corps céleste, une sidérite, autorisait à penser à une force magnétique puissante déviant sa route. Une force qui entrerait en jeu, contrôlée peut-être par une entité. Cette force, ce champ magnétique, seraient-ils entre les mains d'un groupe restreint appartenant à notre planète ? Une nouvelle forme de terrorisme n'espérant pour eux et leur progéniture qu'une vie plus facile et conforme à leurs vœux à la droite du père au milieu des cieux. Les trouver, prendre leur contrôle et modifier en notre faveur leur générateur de force magnétique, serait l'hypothèse la plus favorable. Plus un bonus, la joie de leur annoncer qu'ils sont orphelin de père et que plus personne n'est attendu dans leur paradis imaginaire. Que seul ne leur reste leur cauchemar sur terre. S'il s'agissait d'une entité extraterrestre, utilisant cette sorte d'arme contre notre planète... dans cette hypothèse nos chances seraient faibles. Sommes-nous capables de créer un contrechamp suffisamment puissant pour lutter contre le leur ?

*The Washington Post est un journal américain de la capitale des Etats-Unis, Washington D.C. Le centre de gravité était plutôt de centre gauche avant la mort de sa propriétaire Katharine Graham. Depuis, sous la direction de son fils, Donald E. Graham, le journal se rapproche du centre droit mais la ligne éditoriale reste centriste. Propriété de Jeff Bezos Amazon depuis 2013.

Le Washington Post s'est taillé une réputation d'indépendance et de recherche intransigeante de la vérité depuis la publication des rapports secrets du Pentagone sur la guerre du Viêt Nam en 1971 ou les révélations sur le scandale du Watergate (1972-1974). Il s'est ainsi fait le soutien de la protection des sources d'information des journalistes. Pour autant, cela ne doit pas occulter d'autres aspects moins reluisants du quotidien : édulcoration d'une enquête de Robert Parry sur le financement de la guérilla d'extrême-droite au Nicaragua (1987)1, soutien appuyé au déclenchement de la guerre d'Irak (2003) ou encore tentative avortée de monnayer des « dîners politiques » avec ses journalistes et des personnalités influentes (2009).

Si, dans la pire des hypothèses, il s'avérait que cette force émane de notre conscience quantique là, le cas serait désespéré. Cette conscience étant la résultante de tout ce qui se trouve matérialisé dans notre univers visible, qui inter-réagit avec nous, concerne toutes les molécules du vivant comme du minéral, toutes sans exception. Pour exister matériellement, pour ne pas rester onde, à l'état virtuel, il est indispensable d'être pris en compte par la conscience quantique, d'en être, de la partager...

John un instant s'interrogea, s'il y a une multitude probable d'univers, il doit y avoir également une multitude de consciences quantiques. Échangent-elles entre elles ? La somme de toutes, donne-t-elle une conscience d'un échelon supérieur ? Chaque univers n'est-il pas un atome constituant avec d'autres une molécule, un corps, un être immense qui peut-être se pose les mêmes questions à son échelle. Les Matriochka* à l'infini.

Comment faire changer d'avis un grain de sable en dix leçons, comment convaincre ses frères de silice... modifier les intentions d'une plage... des vagues, des plantes, des créatures du monde animal, des mondes moins connus ?

John transféra les données objectives de son dossier sur son Galaxy A80. Il apportera ces informations dans la soirée à Martin Baron, au 1301 K street NW, face à Franklin Square.

Blême, les yeux cernés par une nuit sans sommeil, le crâne abritant la tempête de ses interrogations, John remontait comme un zombie Hidden Figures Way. Passant devant le 269, il fit un signe amical au vieux George et à Clinton, son chien. Il les croisait chaque matin en se rendant au CNeoS. George comme tous les jours que Dieu fait, malgré l'arthrose qui lui gâchait le plaisir de la marche, suivait au bout de sa laisse Clinton, son chien malinois.

George arrêta John, le regarda dans les yeux, lui murmura

---

*Les poupées russes ou matriochkas sont des séries de poupées de tailles décroissantes placées les unes à l'intérieur des autres. Le mot matriochka est dérivé du prénom féminin Matriona, traditionnellement associé à une femme russe de la campagne, robuste et aux formes généreuses, prénom de même étymologie que мать (« mère ») et матрона (« matrone »).

Apophis: 23 avril 2029

quelques phrases. John eut soudain un regard étrange. Après une pause d'un instant, il repris son chemin.

George poursuivit sa promenade, il avait capté les pensées de John, en avait injecté certaines des siennes. Il caressa Clinton au bout de la laisse. Clinton sensible à la flatterie, abandonnant toute dignité, remua la queue.

Qui promenait l'autre, qui était réellement tenu en laisse? Une laisse possède deux extrémités, au bout de l'une d'elle se trouve le dominant. Un jeu de rôles où chacun échangerait le sien au grès des moments ?

Cette ballade quotidienne, qu'il pleuve ou qu'il vente, était l'occasion pour Clinton de se vider l'intestin, la vessie. Cela lui permettait une journée d'autonomie pour ne pas souiller le sol de la maison.

Pour George, les écouteurs sur les oreilles, l'occasion de se passer tranquille du « Bill Monroe et The Blue Grass Boys », de la bonne « Old-time music » que Rebeca, sa compagne, détestait. Rebeca ne jurait que par Frank Sinatra et son My Way, Dean Martin You're Nobody Till Somebody Loves You, Sammy Davis Jr Mr. Bojangles.

George Amérindien septuagénaire, chemise hawaïenne hiver comme été, bermuda orange fluo, perpétuellement vissé sur la tête un Stetson auréolé de sueur, se disait Américain jusqu'à l'extrémité du canon de son Smith et Wesson Performance Center M&P 9. Par provocation, il adorait, de sa voix éraillée et nasillarde, ordonner à son chien:

-couché Clinton,
-aux pieds Clinton,
-apporte la baballe Clinton,

devant des manifestants démocrates*. George disait de lui :

-je ne suis pas républicain, mais encore moins démocrate.

*(Pour lui républicains et démocrates c'est plume blanche et blanche plume, les deux camps ont participé au génocide des soixante millions d'Indiens).

Son plaisir suprême, exécuter son numéro devant les jeunots se réclamant de la nouvelle dictature morale, celle de la nouvelle religion : l'écologie.

Ces boutonneux aux smartphones greffés à la main, les pouces éternellement à composer des phrases creuses sur des claviers, accrocs à toutes les conneries de l'ère numérique qui, en meutes grégaires, gueulent "sauvons la planète" alors que leurs instruments numériques, leurs batteries des véhicules électriques pour assouvir les besoins en lithium contribuent à sa pollution des plaines salées de Bolivie, d'Argentine et surtout du Chili..

George avait vécu. À une époque de sa jeunesse, il avait même donné de sa personne. Il avait eu l'intelligence malléable, la naïveté en étendard, éponge à manipulation. À toutes ces conneries il n'y croyait plus.

Clinton se mit à remuer la queue, au loin arrivait une femelle boxer. Chez les chiens, pas de mains partant, la pratique du baisemain, est tombée en désuétude, même chez ceux dotés de pedigrees. Lorsque le chien Clinton croisait un, ou une, compatriote à quatre patte et queue qui remue, pour vérifier s'il figurait déjà dans son carnet d'adresses, il lui respirait avec entrain l'arrière-train. Si l'odeur lui était nouvelle, il se fendait d'un :

-enchanté, nice to meet you.

Si son nez reniflait du familier, un salut :

-comment vas-tu depuis la dernière fois, montrait qu'il était heureux de revoir un, ou une, ami(e) de lui connu(e).

Si une laisse étrangère lui présentait une dame, il pouvait faire coup double, se renseigner sur son état civil, être informé de sa possible ovulation. Bref, la manière canine habituelle de faire les présentations, de se dire bonjour, comment vas-tu, de se claquer la bise. Chez les canidés, pour leurs civilités, c'est connu, ils se sentent le cul. L'avantage, ils évitent le désagrément des mains moites.

Voyant Clinton se présenter de cette canine façon qui, si lui, George, par anthropomorphisme profane, pour reconnaître la dame

Apophis: 23 avril 2029

promenant son chien, se prêtait à cette coutume, il se trouverait illico jeter à la vindicte populaire sur un #balancetonhalouf quelconque. Pour éviter cette infamie à Clinton, ne pas le voir lapidé sur les réseaux sociaux, George prétextait s'excusait auprès de la, propriétaire du postérieur reniflé avec insistance. Sa bouche lâchait:
  -Ce Clinton est incorrigible, il ne pense qu'à ça, obsédé comme il est à vouloir sauter sur tout ce qui bouge, à distribuer à tous vents sa semence, comme un vrai démocrate, j'aurais dû le nommer Kennedy... Excusez les penchants de Clinton pour le sexe, il ne sait pas se tenir. Un trou d'évier, une boutonnière de robe, tout est bon, tout fait orifice pour tenter de le combler de sa semence. Je n'ai pas pu le dissuader, désolé pour votre chienne, séparons-les, avant que cet obsédé ne commette l'irréparable, le geste inapproprié, qu'à votre petite chérie il ne... lui défonce le fion. Je vais céans prévenir Hillary de ses écarts de conduite, sa façon cavalière de saluer votre chienne. Je vous jure qu'elle le gourmandera, soyez-en sûr.
  Tournant les talons, il s'esclaffait, heureux de son effet, de voir la tête de son interlocutrice désarçonnée, qui ne savait que répondre. D'ailleurs George ne leur en laissait pas le temps. Il se retenait de se lancer dans une danse de la pluie, n'ayant pas sur lui les plumes et les turquoises indispensables à la cérémonie. Pourtant il aurait aimé partager avec l'esprit des anciens chefs, ces moments où il se moquait des visages pâles.
Ce sacré George.
  John le regard ailleurs, constata une anomalie, entre le 269 et le 271, la porte grise taguée du signe de l'infini, porte mystérieuse, devant laquelle il passait chaque jour pour se rendre au bureau, sans y prêter attention paraissait entre-ouverte.... Peut-être n'existait-elle pas avant ? La chose le surprit. Sa présence, son ouverture. Elle devait toujours être close, puisque depuis bientôt dix ans elle n'avait pas attiré son regard. Il en déduisit que le fait qu'elle puisse s'ouvrir ne s'était jamais produit.
  Curiosité de scientifique, il eut envie d'y jeter un œil, voire les

deux et plus, si affinités. Cette porte brusquement l'intriguait. Pourquoi ne la voyait-il qu'aujourd'hui, pourquoi se trouvait-elle ouverte? Comme le disait si bien Alfred de Musset, il faut qu'une porte soit ouverte ou fermée. Elle était grise. Des goûts et des couleurs...

John se demandait surtout ce qu'il pourrait trouver derrière. Elle donnait apparemment sur un mur aveugle, n'avait aucune utilité. John sourit, un mur aveugle, peut-être cachait-il la maison de Ray Charles, de Stevie Wonder, ou de Ronnie Lee Milsap.

Serait-ce le dernier vestige d'un bâtiment disparu. George à distance, un sourire aux lèvres l'observait. John, du pied poussa un peu plus l'huis pour se dégager un passage suffisant. Je vais découvrir le chemin qui mène au continent de Mu*, ou de Grand Adria**.

Le seuil franchi, John ne distinguait rien. La forte lumière du soleil avait contracté ses pupilles. Le contre-jour, le contraste de luminosité, derrière cette porte il ne voyait que du noir très dense, un vrai trou noir. Que cachait cette porte, John voulut en avoir le cœur net, en percer le mystère. Il en avait l'occasion. Il n'hésita pas une seconde, n'envisagea pas un danger possible. Il fit un pas de plus en avant. Son Samsung Galaxy A80 en guise de lampe de poche, il écarquillait les yeux dans cet univers inconnu. Ses pupilles mettaient du temps à s'adapter. Il s'avança malgré tout, droit devant, d'un pas supplémentaire.

*le continent de Mu est un continent englouti mythique dont l'existence fut proposée au XIXe siècle par le mayaniste Augustus Le Plongeon, qui se fondait sur la traduction du Codex tro-cortesianus par Brasseur de Bourbourg. Il le situait dans l'Océan Atlantique et avançait que cette civilisation disparue il y a plusieurs millénaires aurait propagé sa technologie avancée dans le monde entier. Elle aurait notamment permis l'édification des grandes pyramides éparpillées sur le globe. Comme l'Atlantide, il aurait été détruit il y a 12 000 ans par les dieux pour punir une civilisation décadente. Mu fut ensuite popularisé par les écrits de James Churchward, qui lui le situait dans le Pacifique.
**le Grand Adria, Il s'agit d'une section de croûte continentale de la taille du Groenland qui s'est séparée du nord de l'Afrique il y a plus de 200 millions d'années et qui a plongé dans le manteau terrestre sous l'Europe du sud. Sans le savoir, un grand nombre de touristes passe ses vacances chaque année sur le continent perdu du Grand Adria », raconte le chercheur principal, Douew van Hinsbergen, Professeur de Tectonique Mondiale et de Paléogéographie à l'Université d'Utrecht. « La seule partie restante de ce continent est une bande de terre allant de Turin par la mer adriatique jusqu'au talon de la botte qui forme l'Italie ».

Apophis: 23 avril 2029

-Je vais savoir ce que cache cette putain de porte, cette phrase tournait en boucle dans son cerveau.

À cet instant, cette pensée mobilisait tout son esprit. Il se rappela que ses collègues lui avaient évoqué cette entrée, toujours après avoir mentionné qu'au préalable ils avaient salué George, échangé deux mots avec lui, l'avaient entendu soliloquer, avant de ressentir une sensation étrange en le quittant.

Quand je vais leur annoncer que j'ai résolu le mystère de leur porte qui se tient entre deux nombres premiers consécutifs, Glen, Ray, Robby et Al en resteront comme deux ronds de flan.

John ressentit derrière lui une sorte de courant d'air glacé. La porte brusquement claqua. Le Galaxy, dans sa main, d'un seul coup s'éteignit. John ne put le remettre en marche. Noir. Tout était noir. Il cria. Il demanda de l'aide. Sa bouche articulait. Aucun son ne s'en échappait. Il essaya de frapper le vantail. Tenta d'ameuter le voisinage. Ses poings ne touchaient que du vide. Son pied ne heurtait que de l'air. John eut une impression étrange, une grande vibration le parcourant de la tête aux pieds. Le Galaxy disparut de sa main. Dans le noir absolu John n'était vu par personne. N'était-il plus qu'une onde ?
Cette putain de physique quantique.

Clinton possédant un sixième sens, d'un seul coup se mit à japper, sautait, faisait la toupie, tournait la tête en tous sens, essayait de happer quelque chose. Ses babines retroussées, ses crocs mordaient dans le vide. Ces échecs successifs, pour lui incompréhensibles, l'excitaient encore plus, accentuaient son envie d'en découdre avec... avec quoi?
Des ondes?

La pauvre bête cherchait désespérément à se défendre contre une entité qu'elle n'avait pas répertoriée dans son logiciel de chien.

George, devant des passants interloqués, joua le stupéfait par le comportement surprenant de Clinton. Il regarda ostensiblement autour de lui. Comme les passants qui scrutaient autour du chien. Il ne vit rien non plus qui puisse être la cause de la fureur subite de l'animal. Il engueula le cabot. L'enjoignit de se calmer. Le traita de démocrate, de politicien, de sénateur, de militant anti-NRA. Il fit son numéro. Il ne perdait pas une occasion. Les pires injures qui lui venaient à l'esprit.

Une passante peu rassurée s'inquiéta à lui de l'étrange manège du malinois. George trouva une explication qu'il servit à la dame.

-Clinton a dû respirer un reste de cocaïne tombé sur le trottoir. Dans le bâtiment d'en face, il y a des gus qui passent leur temps la tête dans l'espace. De temps à autre, ils reviennent sur terre, traversent la rue pour se faire des lignes, se poudrent le nez hors de la vue de leur hiérarchie, une autre façon de repartir en l'air. Dans la précipitation, de la poudre tombe sur le sol... Puis la regardant, il la fixa avec insistance.

-Vous avez vu l'homme disparaître par la porte grise.
La femme n'avait vu ni l'homme ni la porte. Elle se tourna vers ceux observant la scène, d'un geste de la tête les interrogea. Comme elle, ils n'avaient vu ni l'un ni l'autre.

George plongea son regard dans le profond de quelques-uns. Il marmonna son incantation. Comme par miracle, à eux le souvenir leur revint. Ils étaient prêts à jurer qu'ils avaient tout vu. Ceux que le regard de George n'avait pas touchés, les regardèrent effarés. Une histoire de fous dit l'un. C'est incroyable dit l'autre. Les nouveaux convertis se demandèrent où était passé ce John qu'avait nommé George. Un regard circulaire, ils ne virent rien d'inhabituel. La porte grise fermée comme tous les autres jours où curieusement ils ne la remarquaient pas. Les toiles d'araignées dans l'encoignure indiquaient qu'elle n'avait pas bougé, une preuve que tout était normal. L'ordre habituel des choses, le 269 suivait le 271.
Le 271 ne vit jamais passer John.
Au CNeoS depuis ce jour personne n'a eu des nouvelles de John.
Détenant des informations classifiées TOP SECRET la disparition de

Apophis: 23 avril 2029

John inquiéta.

American Best Seller

Apophis: 23 avril 2029

6

Deuxième jour d'absence inexpliquée de John. Ses collègues de bureau de la CNeoS, n'ont reçu aucun signe de lui, sa hiérarchie non plus. Aucune explication. Volatilisé.

Absent sans motif, en dix ans, cela ne lui était jamais arrivé. Même malade le gus se pointait. Un acharné du travail, du genre à concurrencer Aleksei Grigorievitch Stakhanov*... et aussi le plaisir de contaminer ses collègues de l'ensemble de l'étage. Sur la porte, au feutre, il écrivait service des catarrheux. Des nez rouges en veux-tu en voilà. Barnum lui-même avant de mettre la clé sous la porte, lorsqu'il fut obligé de remplacer ses éléphants par des clowns, n'en avait pas autant. Des nez qui fuient, des nez qui gouttent, qui cascadent... comme aux Niagara Falls, en leur compagnie tu devais mettre un ciré jaune pour rester au sec...

Curieusement ce matin, au service de documentation, Ana brillait aussi par son absence. Glen, Ray, Robby, pas un ne l'avait croisée dans l'ascenseur.

*Aleksei Grigorievitch Stakhanov, né en 1906 à Lougovaïa près d'Orel, mort en 1977, est un mineur soviétique que la Pravda et les instances officielles, du temps de Staline, donnaient en exemple à tous les autres citoyens soviétiques pour son ardeur au travail et son sens civique.
Lors d'un concours de mineurs, Stakhanov, haveur du Donbass, aurait réussi à abattre, le 31 août 1935, 102 tonnes de charbon en 6 heures de travail, alors que la norme était de sept tonnes ! La propagande soviétique en a fait un exemple pour tous les ouvriers de l'URSS.
Ce sens du sacrifice personnel pour le bien commun a reçu le nom de stakhanovisme.

Ray, constatant les deux absences simultanées, se mit à charrier Glen, qu'il avait senti sensible aux charmes de la jeune femme. Il y a des détails qui ne trompent pas. Une façon de regarder. Cette lueur de douceur dans les yeux. Le timbre de la voix. Pour apporter la preuve ultime, la survenue d'excroissances révélatrices à son approche.

-tu t'es fait doubler mon pauvre Glen, John a tenté et réussi ce que tu rêvais pour toi. Il est devenu prince charmant, toi tu resteras crapaud. John sur son fier destrier blanc, à monter la belle en croupe, ils sont partis filer le parfait amour. Ana et John, à cette heure sont peut-être à Waikiki Beach, allongés sur leurs transats, sirotant à la paille, main dans la main, yeux dans les yeux, des Honolulu Cocktails.

-Si entre deux gorgées, ils prennent le temps de se consacrer à la conception de petits, tu devrais en réserver un couple, ajoutait Ray.

-Demande à être témoin de leur union. Pour le cadeau, offre les préservatifs c'est toujours utile. Le grain de sel de Robby qui ne voulait pas être en reste question émission de conneries.

-Pas possible, vous chassez en meute. Pas un pour relever l'autre. De vraies fontaines à idioties. Arrêtez avec ces sous-entendus, vous devenez lourds. Cherchez un autre running gag. J'apprécie Ana, c'est vrai, comme amie, c'est une fille formidable. Bien qu'elle soit très croyante, je n'aspire pas à la connaître bibliquement. Cessez un peu vos délires. Je ne suis pas comme vous les gars, il arrive que ma raison prenne le pas sur mon caleçon.

Al, pour tarir leurs allusions vaseuses, laisser Glen respirer lui et ses valseuses, il les informa des motifs de l'absence matinale d'Ana.

-Il est temps de clore ce moment potache.

-Potage Chicken Noodle de chez Campbell's ou Pumpkin de Libby's ? ajouta Ray pour finir en beauté.

-Ana est à cet instant au Law Offices of Victoria V. Kuzmina, au 1325 G street pour faire transformer, son visa temporaire de

Apophis: 23 avril 2029

travail en "Green Card through Work". Espérez, et souhaitez qu'elle l'obtienne. Vous ne désirez pas qu'elle se voie dans l'obligation de retourner au Brésil, éconduite par les services de l'immigration.

La hiérarchie de John, trouvait sa disparition inquiétante, préoccupante. Il n'était plus apparu à son propre domicile. Son concierge le confirmait. Le CNeoS en avertit le FBI. Bill fut désigné pour suivre ce dossier.

John étant dépositaire d'un certain nombre d'informations "Classified Top secret", l'agence de Bill contacta la NSA pour travailler de conserve. Jim fut désigné pour enquêter avec Bill.

John habitait au dernier étage d'un immeuble situé 1550 7th street NW, juste à côté d'un magasin spécialisé dans tout ce qui fait le bonheur des chats et des chiens,
"Unleasned by petco for dogs and cats",
à deux pas du "Kennedy Recreation Center" et son square de toboggans et divers jeux pour enfants.

Bill et Jim, missionnés par leurs agences respectives, se donnèrent rendez-vous devant une Singha larger beer, à la terrasse du « Beau Thaï », restaurant Thaï à l'angle de la 7th et de P Street. Sa situation à deux pas de l'immeuble de John était idéale.

Ils se retrouvèrent pour se concerter, mutualiser leurs données sur John, avant de mener l'enquête. Ils définirent leur façon de procéder, puis en phase, ils trinquèrent à leurs retrouvailles.

Les deux hommes s'étaient connus dans le New Jersey. Tous les deux avaient fréquenté les mêmes années les bancs des amphis à Princeton University, dans le comté de Mercer. Depuis, ils ne s'étaient jamais complètement perdus de vue. Ils se souvenaient qu'ensemble, il y a quelques années, ils avaient participé à des fiestas. Les amicales d'anciens élèves, bons prétextes pour de mémorables beuveries.

Leurs études terminées, ils avaient tous les deux, par patriotisme, fils de Colonel dans l'US Marine Corps pour Bill, de Major-General dans le même corps d'armée pour Jim, voulut servir leur pays. The Starspangled Banner and God sont pour eux les piliers de l'Amérique, les références suprêmes.

Bill et Jim décidèrent d'interroger Moïse, le gardien de l'immeuble où résidait John. Moïse, que tous ici appelaient affectueusement Moshe, gentil Cerbère* de l'immeuble depuis plus de dix ans. Il en connaissait chaque locataire, les protégeait des importuns.

Voyant arriver nos deux gaillards Moshe se méfia. Bill l'interrogea sur John. Jim s'enquit des habitudes de son locataire. Moshe se dit, mon John c'est leur Perséphone, ces gus ne seraient-ils pas les Pirithoos et Thésée venus pour s'en saisir, l'enlever ? Méfiant il se dit qu'il n'accepterait ni gâteaux ni verre de vin de leur part. La ruse de Psyché et de Énée, il connaissait par cœur. À lui Moshe on ne lui fera pas.

Moshe s'occupait également de l'entretien de la « roof swimming-pool ». Piscine sur le toit dont John aimait faire profiter ses nombreuses conquêtes. Musique douce, eau chaude, corps dévêtus, esprits détendus, la mise en condition était parfaite. John y avait passé de sacrés bons moments. Si la piscine pouvait parler, elle raconterait ces maillots de bain arrachés, ces étreintes passionnées, bestiales parfois, ces apports à son eau en protéines, vitamines, oligo-éléments concluant de bouillants corps à corps. Les deux gus s'intéressaient aussi à ces moments intimes de John. Moshe resta évasif sur le sujet.

Moshe, grâce à la vidéo-surveillance avait en mémoire numérique de mémorables bains de minuit. Images qu'ils gardaient pour lui. Il n'en parla point aux fédéraux. Moshe leur évoqua John avec une certaine admiration, mais ne pouvait en dire plus sur les identités de ses amies d'un soir, ou d'une nuit.

---

*Cerbère, chien monstrueux dont la mythologie en faisait le gardien des enfers est le fils de Typhon et d'Echidna. C'était un chien à plusieurs têtes: Hésiode lui donnait cinquante têtes, Horace, cent, mais en général on lui en donnait trois. Ses dents noires et tranchantes, pénétraient jusqu'à la moelle causant une douleur atroce. Il est représenté avec une queue de dragon, et des têtes de serpent sur l'échine. Il était enchaîné à l'entrée des enfers et terrorisait les morts eux mêmes qui devaient l'apaiser en lui apportant le gâteau de miel qu'on avait placé dans leur tombe en même temps que l'obole pour Charon déposée dans la bouche.

Apophis: 23 avril 2029

La présence de chacune n'était pas assez récurrente pour qu'il puisse tisser des liens de complicité avec elles. Il ajouta que la règle de son métier est de savoir rester discret. Secret professionnel en quelque sorte.

Il confirma ne pas avoir revu John depuis deux jours, ce qui l'avait fortement surpris. Habituellement, à chacune de ses absences, préalablement John lui donnait des consignes pour nourrir Rohani. C'est son chat persan, précisa-t-il.

Moshe ajouta qu'une chose l'avait intriguée, quelqu'un avait déposé un GSM sur son comptoir, il avait tout de suite identifié l'objet. John était le seul usager qu'il connaisse à avoir choisi Cricket comme opérateur GSM. Cricket tombé maintenant dans l'escarcelle AT&Tt. Malheureusement il n'avait pas pu voir qui l'avait déposé.

Sur les images de vidéo-surveillance, le téléphone apparaissait d'un seul coup sur le comptoir, comme ça, sans que personne ne l'y ait déposé. Par magie, comme s'il se matérialisait juste à l'instant où lui, Moshe, s'était mis à regarder le marbre du comptoir. Il s'était assuré que personne n'avait effacé un bout de l'enregistrement. Se disait le seul à détenir la clé du local de contrôle vidéo. Cette porte n'avait pas été forcée. Le minuteur accompagnant les images indiquait que pas une seconde ne manquait sur l'enregistrement. Un vrai mystère... de la téléportation.

Jim le regardait, se demandant si à la fin de son explication il ne les prenait pas pour des buses. La téléportation, ce mec regarde trop les dessins animés.

Bill et Jim demandèrent à Moshe de les conduire pour leur ouvrir l'appartement de John. Après avoir rechigné le temps nécessaire incombant à la déontologie de sa charge, il céda au motif de le faire pour la patrie. Le trio, arrivé au dernier étage, se dirigea vers la porte palière.

Moshe frappa à l'huis de l'appartement de John. Il attendit quelques secondes. Montrant son professionnalisme pour respecter la vie privée de ses locataires. Bill et Jim s'impatientèrent, le respect des règles... Eux se sentaient plutôt du genre transgressif.

Au travers de la porte, Moshe cria à l'adresse d'un éventuel occupant des lieux :

-M. John, la NSA et le FBI veulent s'entretenir avec vous... M. John !

Ils attendirent une dizaine de secondes supplémentaires, épiant le moindre bruit. Ils ne perçurent qu'un miaulement affamé de l'autre côté du vantail. Moshe se tournant vers ses accompagnateurs, expliqua :

-Rohani, a faim, c'est l'heure de ses croquettes.

Il tourna une clef de son trousseau dans la serrure de sécurité. La porte pivota sur ses gonds. À peine ouverte de quelques centimètres, Rohani se précipita vers Moshe. Le chat, poilu comme un o'cédar noir blanc et roux, se frotta sur ses mollets en ronronnant. La bestiole connaissait apparemment bien le gardien. Bill se baissa pour tenter de caresser le chat. Le greffier, face à un parfait inconnu, montra ses griffes, cracha, feula.

Bill se redressa en lançant :

-ce Rohani a l'air d'avoir une dent contre les forces américaines. C'est de la bombe ce grippeminaud.

Jim rigolard à voix basse :

-j'espère qu'elle n'est pas nucléaire cette bombe.

-Pas simple de comprendre ce qu'ont en tête les persans, ajouta Bill, un clin d'œil complice.

Moshe ouvrit un placard, une vraie succursale de « Unleasned by pet co ». Il en sortit un sachet de saumon en gelée qu'il servit à Rohani, puis rinça son bol d'eau qui jouxtait la gamelle, avant d'en refaire les niveaux avec une bouteille de Mountain Valley Spring Water*.

Moshe expliqua aux deux agents médusés :

*Fraîchement sorti du cœur de la montagne Ouachita, cette source naturelle indompté inspire la dévotion à la nature sauvage immaculée de l'Amérique. La société propriétaire protège activement plus de 2 000 acres de forêt d'Ouachita, préservant ainsi la qualité de la source et la vitalité des terres environnantes

Apophis: 23 avril 2029

-Rohani a l'intestin très délicat, il ne supporte que cette eau de l'Arkansas.

-La marque va pouvoir ajouter le nom du greffier à la liste prestigieuse des Présidents Américains, des Stars d'Hollywood, de John Lennon et d'Elvis Presley pour sa publicité, ironisa Jim.

Bill et Jim, les mains recouvertes de gants, explorèrent chaque centimètre carré de l'appartement.

-Une vraie garçonnière de célibataire, constata Bill.

Ils découvrirent de nombreuses bouteilles de Barr Hill Gin du Vermont, d'Hudson Baby Bourbon, de champagne Californien Korbel Natural, de bière Lickinghole Juicy Ipa, de Kelsen Paradigm, de Olde Hickory Death by Hops et de Virginia Beer Elbow Patches.

-Regardez ce que je trouve dans ce tiroir de table de nuit... des préservatifs pour circoncis, des Reflex Circum'size, importés d'Europe, là une boîte de Trojan Magnum large size codoms Bareskin, criait Jim agitant la boîte comme un trophée.

-Large Size? Pas un peu prétentieux le gus, s'interrogea Bill?

Ils cherchèrent des micros cachés, des caméras, surveillèrent l'immeuble d'en face. Ils firent chou blanc.

Ne trouvant rien de probant pour leur enquête, l'heure avançant, ils décidèrent de mettre un terme à cette investigation.

Moshe referma la porte après avoir changé la litière Catsan Active Fresh de Rohani.

Le trio redescendit, Jim récupéra le GSM de John pour le faire parler au laboratoire de la NSA. Il récupéra aussi les données des caméras de vidéo-surveillance, espérant découvrir la raison du manque d'images au moment de l'apparition du téléphone sur le comptoir de la conciergerie.

Dans la rue, sous le soleil de midi, Jim et Bill se regardèrent.

-Tout ça me paraît très étrange, émit Bill.

Jim plus terre à terre regarda sa montre:

-mon estomac crie famine, il ne se trompe jamais, il est l'heure de casser la graine, retournons au « Beau Thaï ».

Installés à la terrasse, observant les passants de la rue. En position stratégique. Même à table des fédéraux restent des fédéraux.

Bill commanda une marinade de poulet grillé sauce douce et cacahuètes.

Jim lui, préféra des anneaux de calamar frits sauce piquante.
Les deux accompagnèrent leurs plats de bière Singha.
Le repas terminé Jim et Bill se séparèrent.

Jim partit pour la NSA pour faire parler le GSM de John, dévoiler ce que cachaient les données sur la mystérieuse apparition du téléphone observée sur les vidéo-surveillances.

Bill regagna sa Dodge. Assis au volant, il hésita un moment sur la suite à donner à sa journée. Bouclant sa ceinture, il sentit une carte dans sa poche.

Il se souvint, Léa, ses doigts aussi s'en souvenaient. Un frisson de plaisir du périnée aux omoplates. Son bas-ventre s'adressant à son cerveau :

-laisse tomber je gère.

Bill sortit la carte, lu le numéro, prit son téléphone, composa les chiffres calligraphiés par la jeune femme.
Elle décrocha à la troisième sonnerie.

Bill se présenta. Elle se souvenait de lui, avoua avoir pensé à la soirée où Sam les avait présenté. Elle en avait un goût d'inachevé.

Actuellement Sam était en mission en Europe pour dix jours, en immersion, ne devait plus donner de nouvelles. Elle se morfondait dans ce pays où elle n'avait pas d'amis. Pour tuer le temps elle regardait une enfilade de conneries à la télévision. C'était désespérant, ça donnait envie de se goinfrer de beurre de cacahuètes et de seaux de crème glacée, ce qui à la longue n'est pas bon pour la tonicité des fessiers.

Pour lui changer les idées, Bill lui proposa de passer la prendre... enfin de venir la chercher... la prendre... ça viendra dans un second temps. Ne mettons pas trop tôt l'étalon sur la jument, laissons le boute-en-train agir, pensa-t-il. Il adorait ce proverbe

Apophis: 23 avril 2029

Texan.

Léa lui donna rendez-vous au Beacon Hotel & Corporate Quarters au 1615 Rhode Island avenue, le roof-bar y est agréable justifia-t-elle.

Bill démarra en trombe, ses pneus crissèrent. Les hormones avaient pris le pas sur le cerveau. Elles commandaient la force du pied sur l'accélérateur. Il mit la radio à fond,

Steppenwolf,

"Born To Be Wild".

Les 840 chevaux de la Dodge galopaient comme une horde d'étalons en rut. Il arriva par Bataan Street. Il s'arrêta juste avant l'angle de l'avenue, confia sa Challenger au voiturier et pénétra d'un pas conquérant dans le hall. Quelques marches pour atteindre le desk. La décoration du hall de couleur bronze clair, très lumineux, un lustre en forme de flammes au plafond, une pendule à l'heure de Londres, une autre à celle de Washington DC au-dessus du comptoir, à sa droite deux ascenseurs.

Jouxtant le desk, un petit salon très cosy où l'attendait Léa. Vêtue d'un haut noir mettant sa poitrine en valeur, de fines bretelles sur des épaules sensuelles, une jupe tube stretch qui se différenciait des ceintures par quelques centimètres de longueur en plus, des sandales escarpins talons aiguilles, bouts ouverts, fin bracelet à boucle enserrant la cheville. Elle se leva, tira sur sa courte jupe, fit quelques pas pour l'accueillir.

Bill n'avait pas besoin de la déshabillée des yeux, la tenue de la jeune femme le faisait pour lui. L'hypothalamus de Bill commanda la modification de sa répartition de flux sanguin au niveau de sa périphérie corporelle, mis ses gonades en alerte, prêtes à lancer la production de testostérone.

Léa, en fine observatrice, vit immédiatement qu'il appréciait ses choix vestimentaires. Ses yeux constatant des modifications de volume en partie centrale... Elle devenait experte en décodage du langage corporel non verbal.

-Ce sont des cadeaux de Sam, confia-t-elle d'une voix gourmande.

Léa se dirigea vers l'ascenseur de droite, elle lui tendit une main pour l'inviter à la suivre. La porte s'ouvrit, un couple de touristes Japonais venant des parkings souterrains s'y trouvait déjà. Il arborait une soixantaine discrète. Ils saluèrent en une succession de courbettes. Léa et Bill leur répondirent de la même façon. Ils s'inclinaient à chacune des leurs. Bill se demanda s'ils jouaient à qui aura le dernier mot en plus de : qui se courbera le plus bas.

Fair-play il les laissa gagner... Salamalecs terminés, Léa et Bill prirent place derrière eux. Bill se plaqua contre Léa, il n'avait pas la patience d'attendre l'arrivée sur le toit pour faire plus intime connaissance avec elle. Pendant l'ascension de la cabine, le reflet de leurs mains, découvrant leurs corps réciproquement, perturbait la pudeur des prudes Nippons. Leurs regards n'avaient plus pour tout horizon que le plafond. Plafond qui horreur reflétait aussi leurs voyages de découvertes. Dans l'ardeur des étreintes, une aréole de Léa pointait son nez hors du caraco de soie. Bill en était à découvrir que la jupe était le seul rempart protégeant la pudeur de Léa. Le japonais de plus en plus gêné, à l'oreille de son épouse:
-彼らの態度は衝撃的です *

Celle-ci après un court moment d'hésitation:
-むしろ彼がそれをどのように行うかを見てください **

L'ascenseur s'arrêta, le couple de Japonais sortit, les visages orangés. Le mélange du jaune d'origine, du rouge acquit pendant la courte ascension. Ils se faisaient le plus discret possible.

La cabine s'éleva d'un étage de plus, ouvrant ses portes sur le bar de toit. Il était encore tôt, seuls deux hommes discutaient sérieusement. Des commerciaux, dit Bill, les désignant à Léa d'un mouvement de menton.

* *(Leur attitude est choquante.)*
** *(Regardez plutôt comment il le fait)*

Apophis: 23 avril 2029

Devant deux Manhattan, sur un computer l'un présentait ses résultats à l'autre. Ils parlaient part de marché, progression des ventes, conservation des marges, taux de pénétration.

Le vendeur jouait au super professionnel devant son chef de secteur qui lui aussi tenait un rôle qui justifiait son salaire plus élevé.

Léa ayant pris place face à celui qui présentait ses résultats à son supérieur hiérarchique. Bill lui expliqua le rôle de chacun des deux hommes. Il y en a un qui se démène pour vendre des choses pas indispensables dont ses prospects n'ont pas envie. L'autre bien content de ne plus faire partie des vendeurs, promotion oblige, se contente de stimuler son collaborateur par des « y à qu'à », « faut faire ». Parfois en prime, il instaure un super jeu de rôles où il jouera le prospect qui se laisse finalement convaincre de devenir client. Une jolie fiction pour prouver au vendeur que, s'il ne vend pas ses passe-montagnes aux habitants du Nevada, c'est qu'il est le dernier des nuls.

Le barman à distance les interrogea d'un jeu de sourcils et de mouvement de tête.

Bill commanda un Negroni Spriltz pour Léa, un Cucumber Dellight pour lui.

En sortant de l'ascenseur, Bill avait conjuré sa compagne de laisser visible le bout indiscret de son téton. L'aréole rose d'émotion, contractée de plaisir, dans cette semi-liberté, troublait le commercial leur faisant face. De sa main posée sur un genou de Léa, Bill lui ouvrit légèrement les cuisses. Il commença à la caresser, remonta un peu plus sa jupe. Le commercial, s'apercevant qu'elle n'avait rien en dessous, se troubla, ses yeux prouvaient tout l'intérêt qu'il portait à cette jeune femme de la table voisine. Il observait l'effrontée main de Bill. Pour ce jeune vendeur, tout à coup, taux de pénétration prenait un autre sens. Bill le fit remarquer à Léa qui s'en amusa. Elle regarda Paul droit dans les yeux, sourit, écarta ses genoux de quelques degrés de plus. Les voyeurs l'excitaient.

En France, avec son copain de l'époque, elle était allée deux ou trois fois à Paris, avenue du Maréchal Lyautey, du Maréchal Franchet d'Espereyt, ou square Tolstoï pour voir des admirateurs se donner du plaisir. Elle sourit en se souvenant qu'à la fin de la nuit ils avaient dû passer la voiture au lavage automatique. Les portières devenant un cimetière d'enfants en devenir... en nombre si important que la population mondiale aurait pu être remplacée.

Les joues du commercial explorèrent la gamme des rouges, passant de rose à plus qu'écarlate. Bill lui fit un clin d'œil, il poursuivit ses caresses, les accentua.

Léa y était sensible, les doigts de Bill le constatèrent. Le commercial, Paul profitait des moments où son chef consultait les Power-points de sa synthèse d'activité, pour regarder ce qui se passait sous la jupe de Léa, ne tournant son regard sur Arthur, son chef, qu'au moment où ce dernier redressait la tête vers lui. Le directeur régional voyant son commercial le regard ému avec les yeux qu'il avait pour les dessous de Léa, cru qu'il était lui, la cause de son émoi. Ne voulant plus longtemps cacher ses désirs contenus, heureux de pouvoir enfin conclure avec Paul, chose qu'il espérait depuis des mois, il sortit un flacon de Poppers Jack Ass 10ml qu'il tendit à Paul en lui soufflant à l'oreille :

-avale cul sec, Paul, ça va te détendre l'arrière et te durcir le devant.

Il avala le sien d'un trait, saisit la main de Paul, l'entraîna vers l'ascenseur, espérant pouvoir retenir son désir le temps d'atteindre sa chambre.

Bill, sentant qu'il était temps, se leva à son tour, saisit la main de sa compagne, la conduisit dans les toilettes du bar. Il prit le chewing-gum qu'il mâchait depuis l'appartement de John, le colla au mur, y fixa son i Phone-6S-Plus, le mit en position vidéo, vérifia le cadrage et l'image. Pour enrichir sa collection de souvenirs. Une vraie cinémathèque. Dommage que je ne fasse pas de tableaux pensa-t-il, pinacothèque serait plus dans le ton. Sur ce il laissa libre cours à son rire intérieur.

Apophis: 23 avril 2029

Bill inclina Léa en avant, lui fit poser les deux mains à plat sur le couvercle fermé des toilettes, de son pouce sur sa colonne, lui cambra le dos, bien faire ressortir la rotondité de son cul, lui libéra les seins, se posta derrière elle, d'un geste brusque il lui remonta la jupe, lui claqua les fesses, les malaxa, lui caressa l'entre-jambe, lui serra la vulve à pleine main, la sentit se gonfler, s'ouvrir. Il baissa sa braguette...

Léa put vérifier qu'il la désirait avec force. Cette brutalité n'était pas pour lui déplaire, elle adorait réveiller la bête dormant dans l'homme. Les baises à la pépère ne l'avaient jamais fait jouir.

American Best Seller

Apophis: 23 avril 2029

7

Jim téléphona à Bill:
-Rejoins moi devant l'immeuble de la NASA dans une heure.
Lorsqu'il avait quitté Léa, pour finir sa soirée aussi bien qu'il l'avait commencée, Bill avait mis le cap chez le voisin du "Ech@ stage", ce night-club pour rupins,

L'état de ses finances ne lui permettaient que le "Stadium Club" au 2127 Queens Chapel Road NE. Les Stadium Girls, aux attributs qui dépassaient largement les capacités volumétriques de ses deux mains, l'avaient accompagné jusqu'à tard dans la nuit. Il avait presque vidé sa credit card grise du Washington Trust, écornée celle de BB&T. Il n'avait accordé de repos à son corps, que le temps d'une pause pour avaler un Cajun Chicken Penne Pasta.

Ce matin il avait un peu la gueule de bois, la tête dans le cul, le bas du ventre endolori, le gland irrité. Le frottement du latex. Bill se demanda s'il ne faisait pas une allergie. La prochaine fois, je devrais acheter des Trojan Supra non-latex Baresskine, se dit-il.

Jim l'attendait depuis dix minutes dans sa Ford Mustang Shelby GT350. Une maigre cavalerie de 526 chevaux en comparaison de la Challenger SRT Demon de Bill.

Jim se la jouait plus discret que Bill. Pour patienter il écoutait sur 100.3 FM le Best Of de Janis Joplin diffusé par WBIG.Washington DC.Oldies.

    Bill arriva dans un rugissement de moteur, toujours poussé par son côté frimeur. Il avait eu une furieuse envie de réaliser un burn avant de se garer. Pour terminer sa frime au zénith, c'est le nec plus ultra. La présence au coin de la rue d'une Ford Police Interceptor flambant neuve, deux Cops tripotant leur SIG-Sauer P226 9mn Parabellum, à portée de main un pistolet-mitrailleur H&K MP5 utilisant les mêmes munitions, posés sur la banquette arrière un fusil d'assaut Colt M16A2 de calibre 22, chargé de M193, un fusil à pompe Remington 870 P de calibre 12, doté d'un magasin avec son extension pour tirer 7 coups... lui calma les ardeurs, endormit ses velléités. Il se contenta de mettre son clignotant et de manœuvrer en bon père de famille.

    Clinton et George, l'un promenant l'autre, et réciproquement, interloqués par le côté m'as-tu-vu des véhicules sur-motorisés des deux fédéraux, observaient leur manège. George fit une réflexion à Clinton, il lui décrivit les deux gus comme de sacrés charlots. Clinton buvait ses paroles, regardait les caisses des fédéraux, les yeux à nouveau sur les lèvres de George, il remuait la queue pour approuver.

    Bill descendit de sa Challenger, ferma la portière du talon de sa santiag. Il s'avança vers la Mustang pour s'installer sur le siège passager de Jim. Ce dernier l'y avait convié, par texto.

-Le labo a fait parler le téléphone de John. Le gus avait un rendez-vous avec un rédacteur du Washington Post. J'ai les coordonnées du type. John voulait certainement cracher le morceau à ce putain de canard, jouer un remake de gorge profonde, en remplaçant le rôle de Nixon par celui de l'évolution de la trajectoire d'Apophis.

Bill regarda Jim:

    -ça nous concerne aussi, si les calculs se confirment, il ne nous reste plus que dix ans à vivre. Putain j'arrête de mettre des dollars de

Apophis: 23 avril 2029

côté pour mes vieux jours. Je vais tout claquer avec des femmes d'expérience, pas celles réservées aux martyrs de Muhamad. Ils vont se faire chier les gus avec leurs vierges. Moi j'en veux des inventives, des créatrices, des sans tabous, pas des nanas élevées chez les Quakers, encore moins chez les Shakers. J'ai bien envie de profiter de mes dernières années. Je te garantis que je partirais sans avoir de regrets. Comme disait ma défunte mère, je vais brûler la chandelle par les deux bouts, essayer de lui en trouver un troisième. J'anticiperai mon grand départ d'un jour. Tu me connais je ne suis pas du genre à m'enflammer pour un rien, encore moins de l'être par le choc d'une météorite. Je veux partir heureux, le bonheur dans les yeux, pas les rétines emplies de terreur en attendant ce putain d'impact. Moi, le 12 avril 2029 je quitte le navire, je décroche ma chaloupe, je dit bye bye à la planète. Je t'avale mon antiémétique, mes onze grammes de pentobarbital de sodium, un grand verre de Bourbon... ouvre tes portes Saint Pierre, c'est moi que v'la.

J'ai envie d'une fin agréable, entouré de quatre ou cinq call-girls, de poudre, d'alcool, pour de putains de derniers moments que je ne serais pas prêt d'oublier.
Je veux mourir en épectase.

Ce n'est pas Dieu qui me le reprochera. Si le gus Dieu ose me faire la moindre réflexion, moi je lui demande de se regarder dans une glace. De se souvenir de sa relation adultérine avec Marie, une femme mariée à un pauvre garçon. Si pauvre qu'il ne consommera jamais son mariage pour que la dévergondée par le créateur reste vierge... Chez Joseph, il ne devait pas faire bon être une brebis... Faut bien qu'il se purge les hormones.

Jim :

-revenons à nos moutons ! Vu ta tête de ce matin, j'ai l'impression que tu as déjà mis en pratique ta nouvelle philosophie. Fait gaffe à ce que le feu à l'un des bouts de ta chandelle ne soit pas dû à des gonocoques.

-Rassure-toi je sors couvert. Hier en te quittant j'ai eu un début de soirée intéressante. Tu te souviens de la copine de Sam?

-La Française?

-Yes Sir. En douce, à la sauterie caritative, elle m'avait glissé sa carte. Je l'ai appelée, elle m'a fixé un rencart au Beacon Hotel. Sur le roof-bar nous avons vraiment fait connaissance. Déjà dans l'ascenseur je lui ai présenté mes profonds hommages... je peux te dire qu'à la demoiselle, il ne faut pas lui en promettre, c'est de l'exigeante... C'est vraiment une fille qui gagne à être connue. Je te balance son numéro sur ton GSM. Tu devrais l'interroger un peu de près, je suis sûr qu'elle a des choses à t'apprendre.

-Bill, essaie de te souvenir, nous avons des priorités autres que de satisfaire nos émois testiculaires, nous devons mener à bien une mission. Il nous faut savoir ce que John a pu déballer au Washington Post. Nous devons interroger ses collègues. Il y en a peut-être d'autres, des disposés à faire flipper la planète, en déballant leurs extrapolations cosmologiques.

L'immeuble de la NASA comme tous les matins faisait son plein de collaborateurs. George attendait que Clinton en finisse de ses politesses avec une de ses congénères quadrupède. Il salua Ray qui ce matin avait choisi le trottoir des numéros impairs. Son regard accrocha un court moment le sien. Ses ondes cérébrales captèrent les siennes, le récepteur de son cerveau les analysa, les décrypta, puis abreuva en retour les récepteurs de Ray de pensées et d'images. La mémoire de Ray les valida, les prit pour argent comptant, s'en appropria complètement, les inscrivit dans sa zone de souvenirs récents comme les ayant réellement vécus, lui appartenant en propre.

Passant devant la porte grise, la mystérieuse, Ray qui jusqu'à ce jour n'y prêtait pas la moindre attention, s'arrêta. Il l'observa attentivement, compara avec ses souvenirs, surtout les plus frais, constata qu'elle n'avait rien de changer, elle était toujours squattée par des arachnides.
Bien joué George !

Face au numéro 300, avant de pouvoir traverser la rue, il

Apophis: 23 avril 2029

attendit le passage de taxis qui se profilaient à quelques encablures, un "Premium Cab" rouge et blanc croisant un "Dial Cab" jaune orangé. Dans le hall, Ray rejoignit Glen et Robby qui s'informaient auprès d'Ana des résultats de ses démarches menées pour l'obtention de sa Green Card.

Elle répondit :
-c'est en bonne voie.
Du moins l'espérait-elle.

Bill avait remarqué Ana, la fille qu'il avait admirée avec Jim lors de la soirée caritative:
-Jim, tu vois ce que le Washington Post a pu obtenir comme infos, moi je vais aller interroger les gus du CNeoS. Le côté rassurant, ce journal n'a rien publié sur le sujet, rien qui ne soit conforme au message à seriner à la population. Une information qui rassure leurs cerveaux à tous ces naïfs.

Jim contacta Martin au Washington Post, lui indiqua son appartenance à la NSA. Il lui fixa rendez-vous dans Franklin Square, face au 1301 K street.

Martin se pointa au rendez-vous sur ses gardes, le secret des sources. En l'occurrence, il n'y avait pas de source, il se trouva plus à l'aise pour parler. Il confirma avoir eu un contact avec John. Il devait lui faire des révélations de première importance. Il n'en avait pas évoqué la nature. Malheureusement, il ne s'était pas présenté au rendez-vous. Il n'avait plus donné aucun signe de vie. Il ajouta que ce John n'avait rien précisé concernant la teneur de ses informations. Il se contentait de conjecturer.

John faisait partie des ingénieurs de la NASA. Martin était curieux de connaître l'objet de son appel. Peut-être des révélations au sujet d'une des catastrophes de la conquête spatiale américaine :
de Vanguard TV3 le 6 décembre 1957,
de Titan 1 du 12 décembre 1959,
d'Atlas Centaur du 8 mai 1962,
des navettes Challenger le 28 janvier 1986 ou Columbiale le 1

février 2003,
    de la destruction du satellite espion ultra-secret Mercury le 12 août 1998 suite à l'explosion de Titan IV.
    Le champ des possibles était très vaste. Martin hésita un moment avant de signaler :
    -j'ai constaté un phénomène curieux. Il s'est produit à deux reprises depuis le coup de téléphone de John. J'ai ressenti une étrange vibration, puis sur l'écran de mon computer, sans que je n'en sois le demandeur, une recherche concernant le mot « Apophis » s'est affichée sur Google. Personne d'autre de ma rédaction n'en avait fait la demande.
    -un peu comme si quelqu'un prenait le contrôle de votre ordinateur à distance ?
    -exact.
    - Curieux.
    Bill de son côté interrogea les collègues de John, il les sentit bon patriotes, sachant garder des secrets d'État. Tous sauf Glen. Ce gus lui sembla le maillon faible. Pour Ray il émit aussi un doute. Il le trouvait trop idéaliste, mais d'un idéal non conforme...
    Poursuivant son idée de ne laisser aucun détail lui échapper, se souvenant également de la plastique de la jeune femme brune, on ne se refait pas, Bill demanda à interroger Ana.
    La hiérarchie lui opposa, qu'elle travaillait au service documentations pour le public, qu'elle n'avait pas accès aux données confidentielles du CNeoS. Elle se portait garante de la probité de ses collaborateurs
    Il lui fût expliqué que le cloisonnement des services répond à cet objectif. Les infos confidentielles, par définition le restaient. Il ne semblait donc pas judicieux en l'interrogeant sur des données qu'elle ne possédait pas, de lui mettre la puce à l'oreille. Cela risquerait d'éveiller sa curiosité, partant de mettre sa vie en danger, si l'on se réfèrent aux derniers événements.
    Le résultat serait des plus contre-productif !

Apophis: 23 avril 2029

Bill reconnu le bien-fondé de l'argumentation. Sa tentative d'approche de la belle brune échouant, il repartit la queue entre les jambes... À vue de nez il est 6 heures PM Dr Schweitzer aurait pu écrire Gilbert Cesbron*, filmer André Daguet**.
On ne voit pas toujours midi devant sa porte.

---

*Gilbert Cesbron, né le 13 janvier 1913 à Paris et mort le 12 août 19791 à Paris, est un écrivain français d'inspiration catholique. Ses pièces de Théâtre :
- •Il est minuit, docteur Schweitzer, suivi de Briser la Statue (1952),
- •L'Homme seul, suivi de Phèdre à Colombes et de Dernier Acte (grand prix d'art dramatique, Enghien, 1961)
- •Mort le premier, suivi de Pauvre Philippe (1970)

**André Haguet est un réalisateur, dramaturge, producteur et scénariste français, né le 9 novembre 1900 à Suresnes (Hauts-de-Seine), et mort le 20 août 1973 (à 72 ans) à Cannes (Alpes-Maritimes). Réalisateur de :
- •1950 : Fusillé à l'aube
- •1952 : Procès au Vatican
- •1952 : Il est minuit, Docteur Schweitzer
- •1954 : Les Cloches n'ont pas sonné (Ungarische Rhapsodie) coréalisé avec Peter Berneis (version allemande de Par ordre du tsar)
- •1954 : Par ordre du tsar
- •1955 : Milord l'Arsouille
- •1957 : La Roue
- •1960 : Colère froide coréalisé avec Jean-Paul Sassy

American Best Seller

Apophis: 23 avril 2029

8

Moshe profitait de son jour de congé pour rendre visite à un ami d'enfance, George. Rebeca, la femme de George, était absente pour la semaine. Elle visitait sa sœur Johana.
Johana vivait à Richmond, Virginie. George ne l'avait pas accompagnée, il était devenu persona non grata à Richmond.
Brent, son beau-frère, un démocrate tendance Bernie Sanders lui tapait sur les nerfs. George détestait les démocrates, c'était connu. Il n'aimait pas non plus les républicains. Il haïssait viscéralement encore plus les démocrates dits de gauche, singeant les yuppies et les hipsters. Ces politicards, issus des milieux pissant du dollar comme d'autres des lames de rasoirs, jouant aux défenseurs des pauvres l'horripilaient. Les deux hommes aussitôt en présence l'un de l'autre, la chimie opérait, une réaction en chaîne démarrait. George montrant à Brent d'invisibles médailles militaires sur sa poitrine, la Navy Cross, la Navy and Marine Corps Commendation Medal, celles qu'il avait obtenues au combat dans la jungle Vietnamienne. Guerre où il avait été envoyé contre son grès, sa seule façon d'obtenir une bourse d'étude. George apostrophait Brent:
-pendant que je risquais ma peau à éradiquer ces saletés de tes amis communistes au Vietnam, toi le branleur, Brent, comme faits

de guerre tu te laissais pousser les cheveux à Richmond.

-Lorsque moi, George, je participais à foutre la raclée au niakoué Võ Nguyên Giáp, lors de l'offensive du Tết*, qu'avec mes boys, au risque de nos vies, nous contenions les nouvelles offensives des vietcongs, toi Brent, assis sur ton gros cul, tu ne risquais héroïquement au pire que de voir couler ton sang de rupture d'hémorroïdes, en applaudissant le communiste pacifiste Country Joe à Woodstock. Pire, toi et ces traîtres de pacifistes vous nous traitiez d'assassins. Alors toi, Brent, regarde-moi, tant qu'il me restera un souffle de vie, je te rentrerai toujours dans ton putain de lard.

Chaque fois qu'ils avaient un peu trop forcé sur le Bourbon, c'est-à-dire à chaque visite de George à Richmond, ils en venaient aux mains. Par deux fois ils avaient fini leurs concours de crétinerie aux urgences. George expliquait qu'il ne se saoulait la gueule que pour oublier la tête de dégénéré de son beau-frère.

D'un commun accord, ils avaient décidé de ne plus jamais se côtoyer. La seule idée commune qui les avait mis d'accord.

George n'avait plus les moyens de ces turpitudes, de pouvoir payer les radios et les points de suture. Ce, depuis la crise des subprimes et la faillite de Lehman Brothers, l'été 2007. Dans ce coup de Trafalgar pour les petits épargnants, il y avait laissé beaucoup de plumes, perdu une partie de sa retraite. Dorénavant il devait se contenter d'un budget limité. Il n'avait plus de couverture sociale.

*L'offensive du Tết est une campagne militaire menée en 1968 par les forces combinées du Front national de libération du Sud Việt Nam (ou Việt Cộng) et de l'Armée populaire vietnamienne pendant la guerre du Việt Nam. Les buts poursuivis étaient le soulèvement de la population sud-vietnamienne contre la République du Việt Nam, démontrer que les déclarations américaines selon lesquelles la situation s'améliorait étaient fausses, et dévier la pression militaire pesant sur les campagnes vers les villes sud-vietnamiennes. L'offensive commence prématurément le 30 janvier 1968, un jour avant la nouvelle année lunaire, le Tet. Le 31 janvier, 80 000 soldats communistes attaquent plus de 100 villes à travers le pays dans la plus grande opération militaire conduite à ce point de la guerre. Les attaques prennent les Américains et les Sud-Vietnamiens par surprise, mais sont contenues et repoussées et le FNL se voit infliger d'énormes pertes. La première phase de l'offensive atteint en partie ses objectifs même si elle ne parvient pas à obtenir le soulèvement général espéré. De plus, elle choque l'opinion américaine, tenue dans la croyance que les Nord-Vietnamiens étaient incapables d'un tel assaut, et affecte profondément l'administration de Lyndon Johnson dont de nombreuses personnalités se positionnent contre cette guerre, ce qui en altère décisivement le cours.

Apophis: 23 avril 2029

Il était même obligé de trouver des moyens pour se faire un peu d'argent afin de compléter la maigre pension qui lui restait.

L'autre différant entre les deux hommes, même s'ils ne l'évoquaient jamais ouvertement, l'origine de George. Le sang Amérindien circulant dans ses veines. Brent bon blanc, d'ancêtres Irlandais, avait une tare majeure pour George. Brent et les autres de son acabit avaient volé sa terre et massacré ses ancêtres. Ça lui restait au travers de la gorge à George.

Lorsqu'un innocent, un inattentif, un maladroit, sans penser à mal, demandait à George des nouvelles de son beau-frère, il répondait invariablement:

-tu n'as pas su, ce fucking man est clamsé d'une mort subite, en pleine sodomie, il se faisait mettre par ses copains démocrates.

Rebeca qui aimait sa sœur, avait consigné George à Washington DC, avant de partir seule pour Richmond.

La journée se terminant, George et Moshe connaissant leurs limites dans l'art culinaire, s'étaient proposé d'externaliser la confection du repas. Leur fibre de leader toujours présente, ils savaient déléguer. Ils choisirent de dîner à la Pizza Autentica, sise face au siège de la NASA.

Repus pour une somme raisonnable, ils décidèrent de poursuivre leur soirée chez George.

Soirée dégustation. Ils attaquèrent par un Wyoming Whiskey, apporté par Moshe. Un Outryder, composé d'un mélange de distillations provenant de 48% de seigle d'hiver, de 40% de maïs et de 12% d'orge maltée d'une part et d'un autre composé de 68% de maïs 20% de seigle d'hiver et 12% d'orge maltée d'autre part.

Moshe était attaché à ce breuvage, son côté écolo, anti-OGM. George le suivait dans ce rejet des avancées techniques botaniques, son côté protecteur de la terre. Dans le Wyoming, maïs, seigle et orge sont tous obligatoirement "non OGM" c'est la loi de l'État. Les grains utilisés pour ce Bourbon étaient cultivés à Byron, dans leur ferme, par un autre Brent et sa femme Sherri Rageth.

Profitant de l'absence de la prude Rebeca, un verre à la main, les deux compères en profitèrent pour regarder les vidéos apportées par Moshe. Sur l'écran, les ébats sexuels de John, le disparu de la NASA, avec quelques-unes de la brochette de ses conquêtes. Des vidéos montées par Moshe issues des caméras de surveillance de la piscine de son immeuble.

George, connaissait bien John, il le croisait souvent, mais il l'avait toujours vu tiré à quatre épingles, déambulant sur le trottoir des numéros impairs, lorsqu'il se rendait à son bureau. De le contempler le cul à l'air, l'aiguille des heures sur midi, les joyeuses en balancier de Comtoise, en position avantageuse, devant cette galante compagnie, était une première.

-C'est con qu'il ait disparu, nous aurions pu lui soutirer quelques dollars pour lui éviter de retrouver ces vidéos sur un site porno, regretta George, toujours à la recherche d'un complément de pension.

Clinton regardait derrière eux. Il tirait la langue, remuait la queue, le souffle bruyant, un filet de bave sortant de ses babines.

Non, pas par excitation, c'est un chien, les images de galipettes d'humains en vidéo, lui, il s'en foutait comme de ses premières croquettes fourrées au pentobarbital de J.M. Smucker. Il avait juste chaud. C'était sa façon à lui de transpirer. Il s'abaissait la température corporelle par hyperventilation.

Clinton, génétiquement programmé pour défendre son maître et ses amis, depuis que de loups fiers, ses ancêtres, avaient évolué comme chiens sans dignité, voire « toutou à sa mémère » pour les plus vils, lui et tous ceux de son espèce ont été conditionnés pour ça. Clinton aboyait chaque fois qu'il observait une des jeunes femmes dénudées se précipitant sur John, toutes mamelles au vent, le mont de vénus plus ou moins défolié, semblant vouloir mordre ou engloutir goulûment un morceau précis de sa chair.

-Reste-t-il des cannibales chez les humains, s'interrogeait le chien?

Apophis: 23 avril 2029

Il ne comprenait pas pourquoi, au préalable, pour se présenter, John ne leur avait pas d'emblée renifler l'oignon. Il fut surpris qu'il ne le fasse qu'une fois la glace brisée, qu'un long moment de promiscuité se soit passé. Très étonné que John passe par-devant pour sentir à qui il avait à faire. Faut dire à sa décharge que cette cruche s'était assise, ne respectant pas les règle de bienséance de la hiérarchie canine. Ce doit en être la raison, l'arrière étant devenu hors de portée de son nez. Observant le temps que prenait John, à rester la tête entre les cuisses de sa femelle, pour l'identifier, Clinton pensa que John devait avoir des problèmes d'odorat, le nez bouché. Il perdait un temps fou à reconnaître la dame. Peut-être à cause de l'Alzheimer dont parlent les humains, le John avait-il des manques dans sa mémoire récente.

La Dame paraissait très heureuse qu'enfin il cherche à savoir qui elle était. Elle poussait de petits cris, demandait à John de continuer. Clinton pensa que c'était un de ces jeux à la con que font les humains, lorsqu'ils sont réunis. Ils jouent à devine qui j'imite, devine quel métier je suis, là ce devait être à devine qui je suis.

Enfin John se redressa, prit la main de la dame, la retourna, la mit à genoux sur le canapé. Pas trop tôt, se dit Clinton, il a retrouvé l'odorat, il sait qui c'est, il l'a reconnu. À contempler ce qui suit, Clinton à qui il ne fallait pas la faire, déduisit que la dame devait ovuler. Pour preuve, le gus se décide à la saillir. Clinton observant plus précisément:

-putain qu'il est con, mais qu'il est con cet humain!

Clinton, la truffe sur l'écran, n'en croyait pas ses yeux, le John se trompait d'orifice. Dans sa précipitation il visait trop haut. Les humains pour le missionnaire ça va, mais pour la levrette il leur faut encore travailler. Ce n'est pas de cette façon qu'il va assurer la pérennité de sa descendance. Puis Clinton réfléchit :

-ce John ne doit pas être un mâle dominant, il n'ose aller sur les plates-bandes de son chef de meute. Il lui laisse le chemin qui autorise les petits. Son rang dans le groupe ne lui permet pas de l'emprunter. Imprudent en plus le John, il ne jette pas un œil à la ronde pour se prémunir du geste anti-nataliste de ces malades d'humains. Ceux arrivant un seau d'eau glacée à la main, pour vous le projeter sur le cul, au beau milieu de l'action. Ils vous bloquent l'envie de vous délivrer... À cause de ce geste idiot, nous sommes contraints de patienter six mois, pour attendre le retour des prochaines chaleurs de notre chienne de copine.

     Clinton regardait toujours de plus en plus surpris. Il pensait : là, le John, il perd son temps à de curieuses simagrées, il se prend pour un boulanger, il pétrit sa pâte. Puis par anthropomorphisme canin vis-à-vis de ces Dieux humains, il se dit ;

     -elle doit avoir fait quelque chose de vraiment bien pour qu'il la récompense avec autant de caresses.

     Est-ce pour ça que le créateur les a dotés de mains ces humains?

     Puis devenant fataliste... devant le comportement général de tous ces gus :

     -je comprends pourquoi la planète en est arrivée là.

Apophis: 23 avril 2029

9

Ray n'avait rien dit à personne, mais depuis la disparition de John, ça cogitait dans les synapses, ça tournait en boucle dans sa tête, il se torturait les méninges.

Apophis, John, l'impact, le désastre... un vrai cauchemar.

En se levant, voyant son image dans le miroir de la salle de bain, il avait pris sa décision. Il voulait pouvoir se regarder en face, ne plus baisser les yeux. Il allait reprendre le flambeau, cracher le morceau, informer ses concitoyens pour qu'ils puissent décider de leur fin.

Il quitta son appartement à la même heure qu'hier, que probablement celle de demain... Rester habituel, ne pas attirer l'attention de ces putains de fédéraux qui fouinent partout. En sortant de l'ascenseur, comme chaque matin, il salua Allacbah, le préposé à la conciergerie de son immeuble. Pensant à sa décision, revenant sur ses pas, il s'adressa à lui:

-Allacbah, je risque de rentrer tard ce soir, j'ai peur que, votre service terminé, la porte ne soit fermée, pouvez-vous m'en rappelez le code.

-Je vais vous l'écrire sur une carte, ce sera plus sûr, vous ne

serez pas obligé de passer la nuit à l'hôtel comme la dernière fois.
-Bonne idée Allacbah, merci. Que ferais-je sans vous.
Ray sourit, dans sa tête un poème de Louis Aragon du roman inachevé, publié en 1956 :

Que serais-je sans toi qui vins à ma rencontre
Que serais-je sans toi qu'un cœur au bois dormant
Que cette heure arrêtée au cadran de la montre
Que serais-je sans toi que ce balbutiement.

J'ai tout appris de toi sur les choses humaines
Et j'ai vu désormais le monde à ta façon
J'ai tout appris de toi comme on boit aux fontaines
Comme on lit dans le ciel les étoiles lointaines
Comme au passant qui chante on reprend sa chanson
J'ai tout appris de toi jusqu'au sens du frisson.

Que serais-je sans toi qui vins à ma rencontre
Que serais-je sans toi qu'un cœur au bois dormant
Que cette heure arrêtée au cadran de la montre
Que serais-je sans toi que ce balbutiement.

J'ai tout appris de toi pour ce qui me concerne
Qu'il fait jour à midi qu'un ciel peut être bleu
Que le bonheur n'est pas un quinquet de taverne
Tu m'as pris par la main dans cet enfer moderne
Où l'homme ne sait plus ce que c'est qu'être deux
Tu m'as pris par la main comme un amant heureux.

Que serais-je sans toi qui vins à ma rencontre
Que serais-je sans toi qu'un cœur au bois dormant
Que cette heure arrêtée au cadran de la montre
Que serais-je sans toi que ce balbutiement.

Qui parle de bonheur a souvent les yeux tristes
N'est-ce pas un sanglot de la déconvenue
Une corde brisée aux doigts du guitariste
Et pourtant je vous dis que le bonheur existe
Ailleurs que dans le rêve ailleurs que dans les nues
Terre terre voici ses rades inconnues.

Que serais-je sans toi qui vins à ma rencontre
Que serais-je sans toi qu'un cœur au bois dormant
Que cette heure arrêtée au cadran de la montre
Que serais-je sans toi que ce balbutiement.

-Vous muscleriez votre mémoire ou mémoriseriez le code sur

Apophis: 23 avril 2029

votre GSM, Monsieur.
Ray rangea la carte dans sa poche, remercia et reprit son chemin.

Il touchait bientôt au but, remontait Hidden Figures Way côté numéros impairs. D'un pas décidé de « l'homme soulagé », bien dans ses baskets. Passant devant le 269, il croisa George et Clinton. Il salua l'un, flatta la tête de l'autre.

Clinton le reconnaissant, de temps à autre Ray le gratifiait de cette caresse, le chien remua la queue en signe de contentement. Il ne lui sauta pas dessus comme un vulgaire caniche, il devait tenir son rang, rester digne, il était malinois.

George le regard enfoncé dans les yeux de Ray, lui scannait l'âme, le reprogrammait. Il murmura quelques mots que lui seul put entendre. Le visage de Ray devint étrange. Un long frisson le parcourut. Il reprit sa route tel un automate.

George fixa un couple venant à sa rencontre, leur fit une demande. Les deux acquiescèrent, son regard les immobilisa, ils restèrent figés à regarder la rue. Ils paraissaient ailleurs, habités par une volonté extérieure.

Ray poursuivant sa marche, longea la porte grise. Il y jeta un œil, la première fois depuis qu'il était supposé passer devant. Cette entrée condamnée, restait discrète, effacée, ne voulait pas attirer l'attention. Ne s'intéressaient à elle que quelques arachnides, dont une recluse brune tombée d'un camion venant de Californie. Les araignées utilisaient leurs huit yeux pour dépister les endroits de leurs toiles nécessitant réparation, la violoniste californienne n'en avait que six, mais elle mettait autant de cœur que ses cousines pour voir les endroits nécessitant son intervention, et réparer sa toile que le vent avait endommagé.

Ray passa devant le 271 sans encombre. Arrivé devant le 299 il gagna le bord du trottoir désirant traverser. Clinton, va savoir pourquoi, s'était assis sur son cul, refusait d'avancer, de faire un pas de plus. Il observait Ray, la tête en biais du chien intrigué, les oreilles aux aguets. Il percevait de l'inattendu.

George, très cool avec Clinton, ne cherchant pas à le contrarier, ne tirait pas sur la laisse, ne jouait pas au maître autoritaire. Pensionné, n'ayant pas de chef pour le persécuter, il n'éprouvait pas le besoin de compenser. Prenant son mal en patience, il observait les gens qui déambulaient. Ça le rendait philosophe.

Sur le trottoir d'en face arriva Ana. Vêtu d'un jean moulant, d'un haut prune, d'escarpins de la couleur de son pantalon, les cheveux en cascades sur ses épaules. Ray qui venait de croiser son regard, la trouva resplendissante. Elle avançait tête haute, la démarche assurée dans un rayon de soleil qui auréolait son visage.

Ray lui adressa un signe amical. Ana, d'humeur enjouée ce matin, fit un geste de la main en retour.

Robby arrivant presque simultanément, salua son vieil ami Ray d'un:

-Hi fucking man!

puis emboîta le pas d'Ana pour gagner l'ascenseur du 300.

Ray les deux pieds sur sa bordure de trottoir attendit une accalmie dans la circulation. Une longue limousine blanche d'Atlas doublait un taxi des National Pedicabs. Deux autres taxis, un Yellow Cabs et un Diamond Cab se tiraient la bourre. Un véhicule de Silver Cab Association déposa un trio de costumes trois-pièces dotés d'attachés-cases. Un taxi en maraude de la compagnie MATS interrogea Ray:

-cherches-tu une voiture man?

Devant la réponse négative il disparut au coin de la rue.

Tout à coup Ray sentit une étrange vibration lui traverser tout le corps. Il crut sortir de lui-mêmes, le coup du voyage astral. Il n'était pourtant pas lecteur de Lobsang Rampa, ni d'Anne Givaudan, encore moins de Daniel Meurois.

Étrangement il n'y eut tout à coup plus un seul véhicule empruntant la voie. Ray d'abord surpris par ce silence soudain, cette rue brusquement désertique, se dit qu'il pouvait traverser sans risque. Il s'engagea sur la chaussée.

Apophis: 23 avril 2029

Clinton aboya, fit la toupie. Le couple tournant les yeux vers Ray, poussa un cri d'effroi. Il venait de voir arriver une puissante voiture dans un silence total. Silencieuse, pas courant pour ce genre de caisse, pensa l'homme, habituellement les propriétaires aiment frimer, vrombir, ce n'est pourtant pas la Pierce Arrow de Nikola Tesla*. Le bolide percuta Ray de plein fouet. Sous la violence du choc Ray fut projeté en l'air par la Dodge.

*Au cours de l'été de 1931, le Dr. Nikola Tesla fit des essais sur route d'une berline Pierce Arrow haut de gamme propulsée par un moteur électrique à courant alternatif, tournant à 1.800 t/m, alimenté par un récepteur de l'énergie puisée dans l'éther partout présent.

Pendant une semaine de l'hiver 1931, la ville de Buffalo, au nord de l'état de New York, USA, fut témoin d'un événement extraordinaire. La récession économique, qui avait ralenti les affaires et l'industrie, n'avait cependant pas diminué l'activité grouillante de la ville.

Un jour, parmi les milliers de véhicules qui sillonnaient les rues, une voiture de luxe s'arrêta le long du trottoir devant les feux à un carrefour. Un piéton observa cette toute nouvelle berline Pierce Arrow dont les coupelles de phares, d'un style typique de la marque, se fondaient joliment dans les garde-boue avant. L'observateur s'étonna de ce que, par cette fraîche matinée, aucune vapeur ne semblait jaillir du pot d'échappement ; il s'approcha du conducteur et, par la fenêtre ouverte, lui en fit la remarque. Ce dernier salua le compliment et donna comme explication que la voiture ne « possédait pas de moteur ».

Cette réponse n'était pas aussi saugrenue ni malicieuse qu'il n'y paraissait, elle comportait un fond de vérité. La Pierce Arrow n'avait, en effet, pas de moteur à explosion, mais un moteur électrique. Si le conducteur avait été plus disert, il aurait ajouté que ce moteur fonctionnait sans batteries, sans « combustible » d'aucune sorte. Le conducteur s'appelait Petar Savo, et bien qu'il fut au volant de la voiture, il n'était pas l'inventeur de ses caractéristiques étonnantes. Celles-ci étaient dues à l'unique passager, que Petar Savo désignait comme son « oncle », et qui n'était autre que ce génie de l'électricité : le Dr. Nikola Tesla (1856-1943).

Vers 1890, Nikola Tesla révolutionna le monde par ses inventions en électricité appliquée, nous donnant le moteur électrique à induction, le courant alternatif (AC), la radiotélégraphie, la télécommande par radio, les lampes à fluorescence et d'autres merveilles scientifiques. Ce fut le courant polyphasé (AC) de Tesla, et non le courant continu (DC) de Thomas Edison, qui initia l'ère de la technologie moderne.

Loin de s'endormir sur ses lauriers, Tesla continua à faire des découvertes fondamentales dans les domaines de l'énergie et de la matière. Des décennies avant Millikan, il découvrit les rayons cosmiques et fut un des premiers chercheurs sur les rayons X, les rayons cathodiques et autres tubes à vide.

Mais la découverte la plus potentiellement significative de Nikola Tesla fut que l'énergie électrique pouvait être propagée à travers la Terre et autour de celle-ci dans une zone atmosphérique, appelée la cavité de Schumann, comprise entre la surface de la planète et l'ionosphère, à environ 80 km d'altitude. Des ondes électromagnétiques de très basses fréquences, autour de 8 Hz, (la résonance de Schumann ou pulsation du champ magnétique terrestre), se propagent pratiquement sans perte vers n'importe quel point de la planète. Le système de distribution de force de Tesla et son intérêt pour l'énergie libre impliquaient que n'importe qui dans le monde pouvait y puiser, à condition de s'équiper du dispositif électrique idoine, bien accordé à la transmission d'énergie.

Ce fut une menace insupportable pour les intérêts des puissants distributeurs et vendeurs d'énergie électrique. La découverte provoqua la suppression de financements, l'ostracisme de l'establishment scientifique et le retrait progressif du nom de Tesla des livres d'histoire. En 1895, Tesla était une superstar de la science ; en 1917 il n'était virtuellement plus rien et dû se contenter de petites expériences dans un isolement quasi total. Avec son étique silhouette dans son pardessus ouvert de style d'avant '14, il annonçait ses découvertes et l'état de ses recherches aux journalistes lors de conférences de presse annuelles données à

American Best Seller

l'occasion de son anniversaire. C'était un mélange d'ego et de génie frustré. En 1931, Nikola Tesla eut soixante-quinze ans. Le magazine Times lui fit, dans un rare épanchement d'hommage médiatique, l'honneur d'un portrait à la Une et d'un article biographique. L'ingénieur scientifique vieillissant, dont la maigreur n'impliquait pas qu'il fût malade, avait les cheveux noirs luisants et le regard lointain d'un visionnaire.

-Putain, mais ce con l'a fait exprès, cria l'homme qui s'étonnait ne n'avoir pas perçu le bruit mat de l'impact.

-C'est un meurtre enchérit sa compagne.

Ce couple arrêté par George quelques instants plus tôt, restait figé, n'en croyait pas ses yeux.

Ils ne virent pas retomber le corps de Ray. Disparu, évaporé, plus aucune trace. Les autres passants sur le trottoir des numéros impairs, n'avaient rien remarqué de spécial, si ce n'est un vieil excentrique en chemise hawaïenne et bermuda, promenant un malinois, gus aux yeux exorbités, et ce couple qui venait de pousser un cri. Le chien et sa laisse avaient peut-être failli les faire trébucher, des hallucinations causées par des substances prohibées, les raisons ne manquaient pas pour expliquer ce cri et cette attitude. Pas de quoi fouetter un chat.

Ray ne donna plus jamais de nouvelles, mort ou vif, personne ne le revit.

Ana et Robby ne comprenaient pas, Ray arrivait juste derrière eux. Ils l'avaient vu, de leurs yeux, vu. Robby lui avait parlé, Ray n'avait qu'à traverser cette putain de rue, franchir vingt mètres, comme il le faisait chaque jour, pour arriver au CNeoS.

Devant cette nouvelle disparition inexpliquée d'un membre d'une unité "secret défense", encore déconcertés par la précédente disparition, celle de John, la direction du CNeoS avertit immédiatement le FBI.

Bill se pavanait à deux pâtés de maisons. Écrasant la pédale de droite, il arriva en trombe, toutes sirènes hurlantes, dans un vrombissement de sa Dodge Challenger. Crissement de pneus, il se gara.

Il commença par interroger les passants. Personne n'avait rien remarqué, ils poursuivaient leur chemin, pressés d'arriver à l'heure pour embaucher. Ici pas de sécurité de l'emploi, il faut être

Apophis: 23 avril 2029

ponctuel. Seul George, pensionné, avait quelque chose à dire. Lui et Clinton avaient tout vu. Enfin presque:

-Ray sur le trottoir, Ray attendant pour traverser, la Dodge, le choc.

George ajouta:

-mon attention avait été attirée par le comportement de Clinton. Il aboyait. La Dodge est arrivée sans bruit, à toute vitesse, la même voiture que la vôtre. Elle a percuté Ray de plein fouet. Ray fut projeté en l'air, mais il ne retomba jamais. Disparu, évanoui votre gars.

-Vous avez sûrement fermé les yeux un instant, ne l'avez pas vu retombé, envisagea Bill.

-si ce que vous dites pouvait être vrai, nous devrions trouver son corps, là sur la rue ou le trottoir.

-Ce n'était peut-être pas Ray, mais quelqu'un qui lui ressemblait, vous n'étiez pas intimes, vous avez pu confondre, une hallucination.

-Ses collègues sur le trottoir d'en face l'ont observé comme moi, je les ai vu lui faire des signes de connivence. Demandez à la jeune femme brune et au grand noir qui est entré avec elle au 300, des gus de la NASA, pas des charlots les gars... Même si ce n'était pas lui, vous devriez trouver un corps.

George se sentant vexé de voir sa parole mise en doute désigna le couple qui avait crié, restait pétrifié à observer la rue à une centaine de mètres.

-eux aussi ont vu l'accident, interrogez-les.

Bill couru vers eux, ils confirmèrent. Leur histoire en tout point identique.

Bill ne comprenait rien. Pas de Dodge l'avant enfoncé, pas plus avec le pare-brise fendu par le choc, aucun autre témoin de la scène. Personne, autre que George et le couple, n'avait vu ce soi-disant accident. Une hallucination collective réduite à trois hallucinés?

Plus mystérieux encore, le corps de la victime ne se retrouvait nulle part. Volatilisé. Bill fit quelques mètres, remontant la rue. Il interrogea un serveur, de la "Pizzeria Autentica", située à quelques encablures. Le garçon dressait les tables de la terrasse. Il connaissait bien Ray, sans être très intimes. Ray venait souvent pour déjeuner. Tous les deux discutaient de drones, leur passion commune. Ce matin, sa main à couper, il en était certain, il confirma que Ray n'était pas passé devant son nez.

Bill de plus en plus étonné, se dirigea vers l'immeuble de la NASA pour interroger les collègues de Ray.

Robby, le grand noir décrit par George, affirma qu'il avait bien salué son copain Ray. Ana confirma la chose, elle aussi lui avait fait signe.

-Putain, se dit Bill, il y a quelque chose qui ne colle pas.

Bill téléphona à Jim, lui dressa le topo, lui demanda de passer chez Ray. Le CNeoS lui en avait fourni l'adresse.

Jim fonça à l'adresse indiquée. Descendant de sa Shelby, les Ray-Ban Wings aux verres gris dégradés sur le nez, interrogea le concierge de l'immeuble cossu où résidait Ray. L'homme lui confirma:

-Ray est parti comme tous les matins, à 7h30 am.

-Vous n'avez rien observé de particulier?

-Non, rien de spécial. La seule chose, Ray m'a dit que ce soir il risquait de rentrer plus tard... Comme il oublie souvent le code d'accès nécessaire pour obtenir l'ouverture de la porte d'entrée, porte que je ferme lorsque j'ai fini ma journée, je lui ai inscrit les chiffres sur une carte.

Jim demanda à voir l'appartement. L'appartement était vide. Tout bien en ordre, pas une trace de poussière. Ray devait être maniaque.

Jim confirma à Bill que Ray était bien parti travailler ce matin, rien de spécial à signaler.

Apophis: 23 avril 2029

10

George, face à la porte grise, regardait le 269 et le 271 Hidden Figures Way. Il s'amusa a effectuer le calcul de la preuve par neuf pour ces deux nombres consécutifs premiers..

Il décomposa 269. 2 plus 6 font 8, 8 plus 9 font 17, 1 plus 7 donnent 8, puis ce fut au tour du 271, 2 et 7 égal à 9, 9 et 1 font 10, 1 plus 0 égal 1. le 8 de 269 plus le 1 de 271 font neuf donc 0.
CQFD!

À l'énoncé de cette formule, la porte grise s'ouvrit. George s'y engouffra. Ce n'était peut-être que dans son imagination. Avec ses plantes de chaman, les effets persistants de sa tisane matinale... Le réel, le perçu, l'imaginaire... où se situe la frontière ?

La réalité est-elle, ce que nous voyons ? Nous ne voyons rien directement. Nos yeux par nos rétines transmettent des signaux qu'ils envoient à notre cerveau. Celui-ci interprète ces stimulations en fonction de ce qu'il connaît, voire de nos pensées du moment. Il fait le tour de ses données stockées avant d'intégrer une nouveauté. Si ce n'était le cas, il n'y aurait pas autant de gus pour jurer, croix de bois, croix de fer, si je mens je vais en enfer, avoir vu la vierge faire sa sainte-nitouche à Fatima, ou le Nessie traverser une largeur de lac en nage indienne sur le Loch Ness. Une bestiole qui n'a pas de géniteurs, qui ne meurt jamais, après Pasteur, la mort de la théorie de la génération spontanée, Darwin et sa théorie de l'évolution, il faut une sacrée imagination pour se laisser berner, ou une telle envie de l'être...

La réalité, l'onirique, qui peut affirmer savoir trancher.

Clinton resta assis sur le trottoir dans la position du hurleur à la lune, immobile, statue figée, le regard fixé sur l'infini. Sa laisse attachée au collier, sans main à l'autre bout pour le promener.

George découvrit un monde parallèle identique au nôtre à quelques détails près. Dans ce monde, Ray et John arrivaient sur Hidden Figures Way pour franchir la porte du 300, de l'autre côté de la rue. Ils paraissaient quelques années de plus. George ne s'en offusqua point, il savait que l'on ne voyage que dans l'avenir, pas dans le passé, Einstein l'a démontré, la relativité.

Les modèles circulant d'automobiles lui étaient inconnus, aucune fumée d'échappement n'en sortait, elles utilisaient des variations de champ magnétique sur des voies aimantées pour se propulser et s'arrêter. De place en place, des panneaux indiquant la position d'abris de survie. Devant l'entrée de ces abris, des portes blindées. En bas d'escaliers descendant dans les entrailles de la terre, des caméras de reconnaissance faciale autorisaient ou pas l'accès.

George interrogea un passant pour en connaître l'utilité. Il le contempla, de la tristesse dans les yeux, celle des gus qui connaissent leur avenir, qui n'ont pas l'occasion de s'en réjouir. Avant de répondre dans une langue proche de l'anglais, un vocabulaire plus pauvre contenant beaucoup de mots d'origine arabe.

-Ne me dites pas que vous ignorez que dans trois mois Apophis nous percutera. Nous vivons pour beaucoup d'entre nous nos derniers instants. De quelle planète venez-vous ? Ce que vous voyez là, ce sont les abris de survie pour la population élue. Les volontaires pour disparaître avant l'impact ont reçu leurs comprimés de cyanure de potassium, comme les perdants du tirage au sort, les vieux, les malades incurables. Un homme tout sourire passa à

Apophis: 23 avril 2029

proximité.

-Un gagnant du tirage au sort, dit en le regardant avec envie cet homme dévasté.

Il sortit de sa poche un blister contenant ses propres pilules de départ.

George comprit le pourquoi de la tristesse de ses yeux. L'homme ne se révoltait pas, acceptait résigné son sort. Des années de formatage par le numérique portaient leurs fruits. George eut aussi la clef de pourquoi depuis des décennies nos dirigeants se démenaient pour rendre plus con leurs populations.

L'homme ajouta :

-Les gagnants de la loterie, ont connu la localisation de l'abri qui leur a été affecté. Les dirigeants et les patrons des multinationales du numérique eux, sont déjà dans le Nevada, ils logent à Dreamland dans la zone 51.

-Quel jour sommes-nous, demanda George?

-le vendredi 5 janvier 2029, vous le savez bien!

George remercia l'homme et se dit :

-putain il ne faut pas que je traîne trop longtemps ici.

Découvrant une borne de renseignements numériques, George voulut en apprendre plus sur son avenir. Il déclina son identité et demanda de ses nouvelles. Sans la moindre émotion une voix neutre lui apprit qu'il était décédés le mardi 8 décembre 2026 à 10 H 27 PM d'une rupture d'anévrisme, devant le 269 Hidden Figures Way.

La nouvelle le déstabilisa, puis le rassura, il n'aurait pas à vivre The Big Holocauste. La tête dans le brouillard de ses idées, il remontait cette rue tragique qui vit son trépas, lorsqu'il croisa Cleophee.

Cleophee jolie rousse aux courbes avenantes, portant avec grâce une petite quarantaine. George sentit une grande chaleur monter en lui, ses yeux ne pouvaient se détacher du visage de la femme, son sang se retira de sa tête, il frisa l'évanouissement, tangua sur ses jambes.

Cleophee s'arrêta, lui sourit, eut l'impression de le reconnaître. Elle cherchait ce qui pouvait être la cause de son attirance pour lui. Voulant percer le mystère, elle lui demanda :
-Vous m'offrez un verre?
George retrouvant une partie de ses moyens, n'en croyant pas ses oreilles, alors que ses yeux le suppliaient d'accepter.
-Avec le plus grand plaisir, dit-il à l'effrontée.
Il se sentait redevenir collégien, ses années d'expérience de la pratique féminine anéanties, une remise à zéro de tous ses réflexes, l'oubli des façons de faire devant la gent du beau sexe. Il devait de nouveau tout improviser. C'était tout juste s'il ne lui poussait pas des boutons d'acné, il se sentait redevenir puceau.

Ils se dirigèrent vers la "Pizzeria Autentica" que George connaissait de son vivant. Elle n'existait plus, était devenue "L'Apocalypse Now Bar".

Ils prirent place en terrasse. Galant il présenta la chaise aux fessiers de Cleophee, regrettant lui-même de n'être point chaise pour le moment. Il s'installa face à elle, le buste en avant au-dessus de la table, pour ne pas perdre les moindres de ses paroles, profiter au maximum de son parfum, se noyer dans le vert de ses yeux.

Cleophee commanda un "Apophis on the Rocks" et son sirop de gogji, George resta dans le connu de lui, il prit un Four Roses small Batch du Kentucky. Un double bien tassé, insista-t-il. Il avait vraiment besoin de se remettre de ses émotions.

Découvrir que mort vous êtes courtisé par une beauté capable de réveiller la libido d'un cénobite sous bromure, cela à de quoi vous perturber.

George découvrit que Cleophee habitait le même immeuble que lui. Pourtant il ne la connaissait pas. Normal, elle avait emménagé en avril 2027, quatre mois après son propre décès du mardi 8 décembre 2026. Continuant de discuter, d'évoquer des coïncidences, il découvrit qu'elle occupait son ancien appartement... Il se dit que cette impression, lors de leur rencontre, pouvait être due

Apophis: 23 avril 2029

à leurs ondes, elles devaient avoir l'habitude de se côtoyer...

Le courant passait bien entre eux. Leurs verres terminés, une deuxième tournée bue, Cleophee lui proposa de découvrir la façon dont elle avait modifié l'appartement. Ils s'y rendirent. D'entrée, ils se mirent à l'aise, tombèrent la veste. Elle lui fit visiter sa cuisine, son séjour, lui offrit un nouveau verre. Les oreilles bien chauffées par l'alcool, Cleophee voulu lui montrer sa chambre. Un grand lit à barreaux de cuivre. Fixées aux barreaux, des menottes pendaient à la tête de lit. Un fouet sur la table de nuit, un vibreur à télécommande Wi-Fi le jouxtant. Un flacon de lubrifiant. Un plug anal. Un phallus en silicone sur ventouses. Un grand miroir sur tout un pan de mur.

Pas au bout de ses surprises, George remarqua deux caméras et leurs télécommandes, un boîtier de radiocommande branché sur le circuit internet.

Cleophee lui avoua qu'elle était modèle pour un site érotique. Sa façon à elle de gagner sa vie. En 2029 les robots remplaçaient souvent les hommes dans beaucoup de professions. C'est une tendance lourde. Beaucoup de gens désormais, sans utilité productive, sont assignés à rester chez eux. Ils ne vivent qu'en numérique, se contentent de virtuel augmenté. Ils ne sont devenus que des réserves de variétés génétiques. Les contacts entre humains deviennent plus rares. Le numérique, le virtuel, deviennent leur seul lien. La vie sociale découragée, considérée comme germe d'idées révolutionnaires. Les individus s'enferment dans leurs bulles individuelles. La formation des couples par le hasard des rencontres devient une exception. Très peu sont autorisés à la procréation.

Dans la pénombre de la chambre, tous ces accessoires de sensualité artificielle lui donnaient des idées. Son imaginaire démarrait. Ses fantasmes, que Rebeca avait inhibés, tués, reprenaient vie, remontaient à la surface. George sentit une immense chaleur montée en lui, durcir ses envies. Le volcan se réveillait, il sentait la lave monter.

Cleophee qui débordait de bon sens, devina son émoi. L'heure de son show approchant, elle lui suggéra de devenir son partenaire d'un jour, son godemichet vivant, pour ses clients voyeurs. Gêné d'être regardé par des yeux inconnus, d'autres peut-être pas, George n'osait accepter, même si Cleophee, se dévêtant pour se mettre en tenue de travail, lui donnait très fort l'envie de participer. Il regardait ce corps au bronzage intégral, la fermeté de ses seins, la courbe de ses reins, tous ces éléments qui excitaient ses abonnés. Lui, en bonus, bénéficiait du parfum de sa peau. Il pouvait même en caresser le grain, l'embrasser, le lécher, éléments qui luttaient pour convaincre sa pudeur de tenter l'expérience. Pour mettre fin à ses hésitations pudiques, elle lui proposa de porter un masque. Un vieux masque des années 2020, la tête d'un président des États Unis de l'époque, un certain Donald, ou Ronald, enfin un Mickey quelconque. Il accepta, se déshabilla.

Cleophee constata tout de suite qu'il avait très envie d'elle. Elle lui faisait beaucoup d'effet. En souriant elle le complimenta sur sa forme, lui susurra qu'il avait des prédispositions. George pensa que pour un mort depuis si longtemps, sa rigidité cadavérique n'affectait que certains endroits de son anatomie.

Ils firent plaisir aux clients. George ne bouda pas le sien. Il ne se souvenait pas avoir eu pour la chose autant d'entrain. L'idée le fit sourire à ce moment où précisément, dans elle, il en était à son arrière. George jetant un œil sur les connectés en cours, fût surpris que des femmes devant leurs écrans fussent aussi addictes que les hommes. Le compteur des gains battait des records. Un stimulant pour Cleophee, cela décuplait son plaisir.

Les demandes des clients étaient variées: exigences de caresses précises, prendre en levrette, pratiquer la sodomie, des claques sur les fesses, pincer les bouts de seins, lécher, sucer, et pour finir faire jouir Cleophee à l'infini en télécommandant par Wi-Fi un godemichet électrique.

Chaque demande vidait un compte client suivant une codification. Le payement se partageait entre le site hébergeur et

Apophis: 23 avril 2029

l'artiste.

Il y a des pratiques que George, malgré son âge, découvrait. Parfois ils devaient refuser une demande. Des malades pour certains, des impuissants, des frustrés pour beaucoup, de la misère sexuelle.

George pendant sa prestation eut parfois, pendant un court moment, la vision de Rebeca. Il se disait:

-encore une chose qu'elle ne pratique pas. Puis le nez dans le guidon, façon de parler, cette Cleophee, quelle imagination, quelle dextérité, quelle gourmandise, quel savoir-faire.

Redevenant réaliste, les pieds de son esprit se reposant à nouveau par terre, George se dit:

-mon garçon, tu ne pourrais pas faire ça tous les jours.

Il eut un peu de remords vis-à-vis de Rebeca. Mais tromper sa compagne lorsque l'on est mort depuis trois ans, est-ce que cela compte?

Pour balayer définitivement toute idée de culpabilité, due à son imprégnation de morale chrétienne et bourgeoise:

-si ça se trouve, Rebeca n'est plus de ce monde non plus. Veuf et mort, j'ai le droit au plaisir.

La matinée passée, George prit congé, remercia Cleophee pour ces formidables moments passés. Dans la rue, la tête pleine de souvenirs exquis, le corps vidé, apaisé, il sentit une forte aspiration, concomitante à une immense vibration. Il fut projeté de l'autre côté de la porte grise.

Clinton, une oreille dressée, attendait qu'il ramasse la poignée de sa laisse. Il aboya de joie, remua la queue. Les deux reprirent leur promenade comme si de rien n'était. Un retour dans le passé ! Putain Einstein s'était gouré... Si tout n'était qu'illusions. Si tout ne se déroulait que dans nos têtes... Pourquoi passons-nous notre temps à nous pourrir nos rêves... Pire, si nous n'étions tous que le rêve d'une entité sadique n'aspirant qu'à nous voir souffrir. Si c'était ça leur fameux Dieu.

George profitait plus à fond de ce jour de 2019, il respirait à pleins poumons. Il ne pensait plus à son arthrose. Dans sa tête un orchestre symphonique au grand complet interprétait l'hymne à la joie. S'ajoutait la tranquillité de savoir que l'impact d'Apophis, lui il n'en avait cure.

Rebeca ne le saura jamais, mais il y a une putain de super vie après la mort, dans les autres univers, et ce, au moins jusqu'à l'arrivée d'Apophis.

De cela George est un des rares de notre galaxie à le savoir, à pouvoir en témoigner. Il s'était promis de garder le silence. Il bénissait le calcul de la preuve par neuf. Puis, devenant plus grave dans ses pensées, il se dit:

-pour éviter la catastrophe, il suffira de passer d'un univers à l'autre le moment venu... Si l'autre univers est resté présent.

Apophis: 23 avril 2029

11

Bill venait de recevoir le dossier actualisé de Moshe. Ce type, paraissant doux comme un agneau heureux de retrouver sa mère un lendemain d'Aïd al-Adha. Sur le fichier transmis, il n'apparaissait pas aussi gentil, ni aussi blanc comme neige, ce que leur premier contact l'avait laissé supposer. Le gus avait un passé peu glorieux. Après lecture de son curriculum vitae, plus personne ne lui donnerait le bon Dieu sans confession. Ni après une confession totale, suivie de tous les actes de contrition, chemins de croix, à genoux sans genouillères, compris .

À son actif, ou à son passif, suivant la façon dont on appréhende les choses, chantage, extorsion de fonds, larcins en tous genres, harcèlement sexuel, peut-être même viol... la victime n'étant plus certaine d'avoir dit non.

Se plongeant dans les factures d'appels détaillés (fadettes) du mec de la conciergerie, un numéro récurrent attira l'attention de Bill. Le nom de l'abonné figurant en face le fit sursauter.

Ce Moshe appelait régulièrement un certain George. Pas n'importe quel George. Mais l'excentrique, le vieux que Clinton promenait au bout de sa laisse sur Hidden Figures Way. Le gars au regard halluciné. L'emplumé sans plume.

Ces deux gus avaient donc un lien direct avec John et Ray. Le mystère de leur disparition ne serait-il que la conséquence d'un banal fait divers. Une vengeance de retraités aigris s'en prenant à des nantis de la mondialisation qu'ils jugeraient complices objectifs des banques qui les ont plumés avec les subprimes.

Bill contacta Jim, il lui donna rendez-vous au 1550, 7 ème rue, devant chez Moshe. Il se proposait de tirer les choses au clair.

Cette idée de tirer le fit sourire. Il pensait plus clerc de notaire de l'étude DC Mobile Notary que clair de lune au-dessus du Rio de la Plata. Il se mit à chanter :
 Great Balls of Fire
du Killer de Ferriday, Jerry Lee Lewis.

Bill, arrivé le premier, restait assis au volant de sa Dodge. Il consultait les échanges entre George et Moshe. Grâce à son "Pass" du FBI, il s'était connecté sur le "Cloud" de Moshe. Il y trouva stockées les vidéos de John, celles de ses ébats amoureux.

Des moments d'anthologie, saisis par la caméra de la roof-pool. Il découvrit des dates très récentes de consultation. Il obtint l'adresse "Internet Protocol" (IP) de George comme dernier consultant. Une preuve que ces fichiers vivaient.

Ébats amoureux... Bill n'était pas certain que le vocable qualificatif ne fût le plus approprié, s'appliquant à ce qu'il observait. Il rectifia sa pensée, remplaça amoureux par hygiéniques, sportifs, d'amateur de trophées, de semeur à tous vents de gigotantes demi-graines d'humains.

Contactant son bureau, il demanda à Valeska, timide blonde prude et religieuse, collectionneuse d'icônes, orthodoxe jusqu'au plus profond des ovaires, débarquée depuis trois ans de sa fédération de Russie natale, d'identifier les partenaires féminines de John, celles dont il arrive que l'on distingue brièvement le visage, sur les vidéos où s'activait John. Des films de lunes au clair de lune. Bill avait l'esprit graveleux.

Valeska reçut les fichiers. Y jeta un œil. Hésita à en jeter un

Apophis: 23 avril 2029

second. Elle s'acquitta à contrecœur de cette mission, le rouge aux pommettes, le rose au front. Elle craignait qu'à tout moment, un collègue masculin du service, ne lui propose son aide, pour visualiser les bandes numériques. Les scènes de sexe la rendaient mal à l'aise. Elle récita sa « prière à la mère de Dieu « pour éviter la souillure.

Toi plus vénérable que les chérubins
et plus glorieuse incomparablement que les séraphins,
Qui sans tache enfantas Dieu le Verbe,
Toi véritablement la Mère de Dieu, nous t'exaltons

Elle avait une trouille bleue qu'un plus libertin que les autres, ne lui demande son avis sur les positions pratiquées, ou pire... Elle se signa à trois reprises, s'il lui arrivait à elle de les pratiquer dans sa vie privée. Quelles étaient ses préférences, ses positions favorites ?

Elle se signa à nouveau plusieurs fois. Ouvrit son tiroir, se concentra sur l'icône* des martyrs Serge et Bakh. Une reproduction polychrome d'une peinture à l'encaustique du VI siècle du monastère du Sinaï. Pour parachever la purification de son âme, elle serra sur son sein une reproduction sur bois de « Notre-Dame à l'enfant », peinture à la cire du VI siècle du Musée Khanenko de Kiev.

En comparant avec les images actualisées en temps réel par un logiciel de vieillissement de la base de données, non officielle, contenant les visages d'une grande partie des habitants du pays, l'identification faciale des partenaires du fameux John ne devrait pas tarder à fournir un premier nom, avec son adresse et son numéro de permis de conduire de l'État.

Une icône, (du grec εικόνα eikona) « image », est une représentation de personnages saints dans la tradition chrétienne[1]. L'icône possède un sens théologique profond qui la différencie de l'image pieuse. L'icône est complètement intégrée dans la catéchèse orthodoxe mais aussi dans celle des Églises catholiques orientales qui ont préservé la tradition de l'icône ainsi que dans une partie de l'Église catholique occidentale et dans les Églises non-chalcédoniennes. En devenant objets de vénération pour les fidèles, les icônes ont été soumises, dès le VIIIe siècle, par les Églises de la Pentarchie, à de sévères contraintes artistiques (sources d'inspiration stéréotypées, rigueur du trait, jeux des couleurs)[2]. Jusqu'à nos jours, ces canons se sont perpétués, assurant l'étonnante continuité de cette peinture dédiée à la gloire de Dieu.

American Best Seller

La Mustang de Jim se gara devant la Challenger de Bill. Les lunettes, Ray Ban Clubmaster Mineral Blue Raimbow Flash, posées en serre-tête, Jim ouvrit la porte côté passager de la Challenger. Genre mec dans le coup, il salua Bill d'un Fist Bump, imitant les Obama, lors des résultats de la présidentielle de novembre 2008.

Après un échange de banalités, ils firent le point sur l'affaire en cours, échangèrent leurs informations.

La mise à niveau réalisée, ils partirent interroger Moshe. L'homme ouvrit sa porte au troisième coup de sonnette. Ils pénétrèrent dans l'appartement. Dès l'entrée, ils s'aperçurent que son dossier de police était bien incomplet. Sur les murs des cadres accrochés. Ils protégeaient des photos de Moshe dans des tenues du Klan*, sa montée en grade dans la hiérarchie, des photos de croix enflammées. D'autres photos de lui en opération au Vietnam leur faisaient face. Lui en hélicoptère un M16A1 de calibre 5,56 mm en main, scrutant la jungle. Levant les yeux, au plafond, ils ne pouvaient pas le louper, la bannière étoilée. Au-dessus de chaque porte un crucifix surmontant la phrase "God bless you", ou "in God we Trust".

Bill et Jim se signèrent en passant dessous.

-Ces photos ? des souvenirs d'un passé lointain, il faut toujours avoir à l'esprit d'où l'on vient pour ne pas retomber dans ses propres travers. J'étais jeune. De l'eau a passé sous les ponts depuis, pas vrai ?.

Bill l'interrogea au sujet de ses vidéos pour le moins indiscrètes, ainsi que sur ses rapports avec George, le vieux beatnik au malinois.

*Le Ku Klux Klan, appelé souvent par son sigle KKK ou également le Klan, est une organisation suprémaciste blanche des États-Unis fondée le 24 décembre 1865. Classée à l'extrême droite sur l'échiquier politique américain, elle n'a cependant jamais été un parti politique, mais une organisation de défense ou de lobbying des intérêts et des préjugés des éléments traditionalistes, racistes et xénophobes de certains Blancs protestants, les White Anglo-Saxon Protestant (WASP - acronyme en jeu de mots avec la guêpe en anglais) qui se revendiquent en tant que communauté « ethnico-religieuse » et appuient leur revendication d'une « suprématie blanche » sur une interprétation très particulière d'un verset du Livre de la Genèse (Gn 9,27) (très présente dans la « Bible Belt ») et sur les doctrines racistes de l'anthropologie du XIXe siècle2.

Apophis: 23 avril 2029

Moshe ne nia pas. Il convenut qu'il possédait toutes les vidéos chaudes de John à la piscine. Il en avait gravé des DVD qu'il stockait dans un coffre plastique gris, de médiocre qualité. Coffre acheté sur internet.

Jim lança un regard de connivence à Bill, le sourire aux lèvres du gars qui a envie de déconner:

-Bill, regarde, ne serait-ce pas un des 500.000 cercueils achetés par George W Bush en 2008, ceux que les complotistes affirmaient stockés en Géorgie, à Atlanta*. Les étanches adaptés à la guerre bactériologique, en cas d'attaques à coups de bombes de Yersinia Pestis, ou de Poxvirus de la variole.

-Tu vois qu'ils servent enfin à quelque chose, tu ne regrettes pas les dollars de tes impôts.

Moshe devenait nerveux. Il bafouillait, bredouillait. Bill lui demanda d'expliquer ses rapports avec George, le gus au clebs. Celui qui passait son temps à déambuler sur Hidden Figures Way, face au siège de la NASA.

Moshe fut envahi de tics nerveux, il paniquait.

-Calme-toi. Ne bouge plus, lui intima Jim.

Moshe resta coi. Il était obéissant, il ne bougeait même plus la langue, ni les lèvres.

Jim commença à le secouer, lui répétant que d'être calme ne l'empêchait nullement de répondre aux questions. Bill sentant le ton monter, Jim s'énerver, il se retira dans une pièce voisine, poursuivant son inspection. Sur une petite table, un computer. Bill l'alluma, il ouvrit les fichiers des mails. Sa curiosité fut récompensée, il trouva un mail de John, intimant l'ordre à Moshe de cesser d'importuner ses amies, menaçant de le faire révoquer, s'il ne cessait pas immédiatement ses chantages abjects.

***Thèse complotiste de l'époque** :le gouvernement s'attendrait à ce que un demi million de personnes meurent dans peu de temps, et l'aéroport d'Atlanta est l'un des principaux centre du trafic aérien, probablement le plus grand au pays. La Géorgie est une base principale pour conduire et coordonner des opérations militaires. Il s'agit aussi du domicile du Centre de contrôle des maladies. Je ne veux pas alarmer personne, mais de façon général, vous n'achèteriez pas 500,000 cercueils en plastique « juste au cas où quelque chose se passerait, » vous les acheter parce que vous savez que quelque chose va se produire. Ces conteneurs hermétiques légers seraient parfaits pour enterrer les victimes de la peste ou d'une guerre biologique?

American Best Seller

Jim, mis au courant par Bill, ayant découvert un motif sérieux pour Moshe de s'en prendre à John, se fit plus insistant pour le faire parler. Il muscla ses méthodes.

Moshe argua bêtement que la loi l'autorisait à se taire.

La goutte d'eau qui met le feu aux poudres!
Jim se dit:

-le mec veut se taire, putain il va pouvoir exausser son vœux, au-delà de ses espérances je vais m'occuper sérieusement de son cas. N'est pas encore né celui qui sera capable de lui redonner la parole après.

Jim énervé, se plaçant derrière Moshei, de sa main droite lui saisit la tête, de la gauche les épaules, d'un geste brusque, comme il avait appris dans l'United States Marine Corps, il lui brisa les cervicales.

Rien de spectaculaire, pas de quoi en faire une montagne, juste un craquement sec du mec qui gardera pour toujours le silence.

Moshe se tut définitivement. Il s'affala comme un pantin désarticulé lorsque Jim desserra son étreinte. Il avait cet étonnement touchant, dans les yeux. Cette incrédulité dont il ne se départira plus, jusqu'à son dernier souffle. Dernier souffle qui ne tarda pas.

Jim appelant Bill:

-je crois que notre client vient de faire un petit malaise, il ne tient plus sur ses jambes. Un problème de tension, ou de l'anémie, je ne puis juger, je ne suis pas médecin.

Bill voyant Moshe étendu sur le tapis de son séjour, un super beau en soie, un Ghom*.

-partons, je crois qu'il ne nous en dira pas plus, nous avons la preuve qu'il avait un mobile pour se débarrasser de John. Là, dans sa position, buté comme il a l'air, nous ne pouvons plus rien tirer de ce putain de gus...

Leur richesse des détails, leur densité de nouage élevée, les tapis Ghom sont considérés comme les tapis persans les plus exclusifs du marché. Ces tapis orientaux très fins, souvent entièrement noués en soie, ont une brillance exceptionnelle. Le fin fil de soie utilisé permet d'obtenir des motifs particulièrement détaillés.

Apophis: 23 avril 2029

-J'espère qu'il ne va pas souiller le tapis, souvent les macchabées débutants dans son genre ont les sphincters qui se relâchent... T'en as pour un paquet de dollars dans sa carpette, je ne voudrais pas que ses héritiers nous cherchent des poux dans la tête.

Bill et Jim quittèrent l'appartement de ce putain de Moshe. Bill allait remonter dans sa Challenger lorsqu'il reçut de Valeska l'identité et l'adresse d'une des filles des films X amateurs, une de celles partageant la vedette avec John. Films dont Moshe était si friand. Il n'en manquait aucun. Il avait vu le premier, et toutes ses suites, jusqu'à la série 31 comprise.

Bill appela Valeska, la remercia chaleureusement pour sa première identification. Il lui demanda :

-pensez-vous pouvoir identifier les trente autres femmes des vidéos ?

-oui, affirma Valeska.

De formation mathématicienne, Valeska adorait ce nombre 31 qui correspondait au nombre total de jeunes femmes à identifier.

31 la mettait en joie. Il représentait tout ce qu'elle aimait dans les mathématiques. Elle expliqua avec gourmandise à Bill qui n'en comprenait pas un mot, les beautés de ce nombre. En mathématiques 31 c'est, dit-elle :

- le troisième nombre de Mersenne premier $M_3 = M_5 = 2^5 - 1$
- l'exposant du huitième nombre de Mersenne premier $M_8 = M_{31} = 2^{31} - 1$;
- un nombre premier jumeau avec 29
- un des deux nombres premiers qui est 2-brésilien car $31 = 11111_2 = 111_5$; le second est 8191, selon la conjecture de Goormaghtigh
- un nombre premier super-singulier
- le 5e nombre triangulaire centré, le 4e nombre pentagonal centré et le 3e nombre décagonal centré
- la somme des trois premières puissances de 5 ($5^0 + 5^1 + 5^2 = 31$)

- la somme des cinq premières puissances de 2 ($2^0 + 2^1 + 2^2 + 2^3 + 2^4 = 31$)

Bill qui un moment flashait sur elle, se dit que dorénavant, d'un point de vue libido, il porterait sur elle un regard différent. Se dit que s'il devait passer un doctorat de mathématiques pour lui faire atteindre l'orgasme, il passait son tour. Au moment de conclure, vas bander, toi, après avoir entendu cette démonstration de sa bouche, sur le 31... Il n'oserait jamais évoquer le 69.

Jane Baddall habitait 221 Parker street, une maison de briques d'un étage. Ils trouvèrent à se garer devant le 228, entre une Ford et une Volvo.

Jane s'apprêtait à sortir, elle était en tenue de ville lorsque la sonnette de sa porte retentit.

Bill avait revu le film où elle apparaissait, pour être bien certain de la reconnaître. Un film qui prouvait son statut d'amateur, elle gardait le mont de vénus en broussaille.

Jane ouvrit.

Jim et Bill se présentèrent, carte à l'appui, genre n'ayez pas peur, nous sommes des fédéraux. Bill eut du mal à identifier Jane. Là, devant lui, elle était habillée. Son visage lui était peu familier. Ce n'est pas la partie de son corps qui, sur l'écran en visionnant attentivement le film, avait le plus retenu son attention.

Jane confirma sa relation avec John, leur fit part de sa surprise de ne plus avoir de ses nouvelles depuis plus de trois jours.

Bill lui apprit la disparition inquiétante de son amant. Elle marqua le coup, sembla peinée.

Galant homme, en défenseur de la veuve et de l'orphelin, surtout de la veuve si elle est avenante, Jim se proposa de revenir plus tard dans la soirée pour l'aider à atténuer sa douleur.

Bill restant professionnel, lui demanda si elle avait eu des contacts avec Moshe, le gus de la conciergerie de chez John.

Jane hésita, son visage s'empourpra, les yeux baissés elle avoua qu'avec elle, cet homme, ce sale type, ce Moshe, s'était mal

Apophis: 23 avril 2029

conduit.

Puis fixant Jim dans les yeux, après un temps de réflexion, ajouta qu'il l'avait faite chanter. Il l'avait menacée de mettre une vidéo d'elle, en avantageuses postures, sur Youporn, en donnant ses coordonnées, si elle ne lui donnait pas 500 dollars... et un peu de sa vertu.

Il désirait, ce porc, la forcer à reconstituer certaines scènes du film en s'appropriant le rôle masculin. Elle avait cédé pour sauver son honneur, mais vivait dans la crainte perpétuelle qu'il ne revienne à la charge.

Jim la rassura, lui expliqua qu'il avait fait le nécessaire, que le Moshe ne l'importunerait plus. Désormais elle pourrait être tranquille, ne plus craindre de voir ses ébats, passés ou avenirs, devenir publics, se transformer en supports de la libération manuelle de liquides séminaux sur les réseaux sociaux. Soulagée, elle le remercia de lui enlever ce poids sur la poitrine, crainte qui lui gâchait la vie. Elle se dit tout à fait disposée à collaborer davantage.

Jim confirma qu'il fera de nouveau appel à elle, lorsque la nécessité se fera sentir. Jim et Bill firent en sorte de clore la discussion.
Ils sortirent.

Jim ayant pris congé de Bill, regagna sa mustang, s'installa, revisionna le film de John et de Jane, mettant le focus sur la jeune femme.

Bill, pour bien terminer la soirée, émoustillé par Jane, avait une forte envie de revoir Léa. Il lui téléphona. Léa était libre, Sam toujours en mission. Elle accepta son invitation, lui proposa de la rejoindre, à 10 H PM, au "Camelot Showbar" 1823 M street.

Bill gara sa Dodge derrière une camionnette Xfinity. La façade de verre du "Teddy and the Bully Bar" s'élevait devant lui, il se trouvait au 1200 de la 19 th street.

Bill était en avance, il entra au Teddy prendre un verre. L'établissement à dominante bleue rendait hommage au 26 ème président, l'exubérant et éclectique Theodore Roosevelt.

Bill commanda un "Rushmore Swizzle" à 9 $. Ce cocktail composé d'un vieux rhum, de Campari, de citron vert, de sirop d'amande, de crème de cassis, de sucre de canne et d'eau de Seltz.

À dix heures PM il régla ses consommations. Il se dirigea vers le "Camelot Showbar". Il se situait juste au coin de la rue, à cent mètres en prenant à gauche. L'établissement, pratiquant le strip-tease intégral, il avait une clientèle à dominante masculine ainsi que des couples occasionnels.

Léa était arrivée. Elle rayonnait, toute en beauté, une robe légère très décolletée, escarpins. Elle l'attendait faisant les cent pas. Le contre-jour rendait la robe transparente. On devinait la pointe de ses seins, un pubis aussi glabre que le crâne de Yul Brynner.

Certains solitaires en étaient déjà en phase d'approche autour de Léa. Le vol des faux-bourdons autour de la reine des abeilles. Il y a des cons qui vont perdre leurs ailes avant d'avoir consommé, pensa Bill.

Léa s'élança vers Bill, lui sauta au cou, s'accrocha à son bras. Ils firent leur entrée dans Camelot. La salle luxueuse, sensuelle, à dominante rouge, des grands miroirs aux murs, de petites tables pour deux ou quatre convives, couvertes de nappes blanches surmontées d'une seconde nappe, un carré de lin rouge posé en diagonale. Chaque table éclairée par un vase à fleurs lumineuses. Un podium et ses barres de pole danse.

Bill et Léa furent installés près du podium à une table qui venait de se libérer. Nous étions mardi. Les modèles; Carly, Elaina, Jordan, Kim, Lucy, Meili, Nicolette, Olivia qui avaient fait leur show de 11 H 30 AM à 7 H 00 PM. Elles avaient pour certaines, traîné un peu en salle pour quelques dollars de plus, rendu quelques services. Elles se rhabillaient en loge. Quelques-unes partaient, d'autres recevaient en privé des amis ou des admirateurs. Depuis 7 H 00 PM elles avaient été remplacées par Victoria, Vanessa, Marcela, Chanel, Carmen, Brooklyn et Brittany.

Apophis: 23 avril 2029

Un client, d'une table voisine, sirotant son Johnnie Walker Blue à 600 $ la bouteille, businessman d'âge mûr, demanda à quelle heure ce soir passerait Kari.

Kate, une des serveuses, lui répondit qu'elle n'officiait que le lundi soir et le vendredi soir.

Bill commanda à Lyndsay, la waitress affectée à sa table, un Moet & Chandon Nectar Rose à 290 $. Il fut servi dans un seau à glace tout en verre, de part et d'autre de la bouteille, les deux flûtes posées sur le sommet des glaçons. À la table voisine coulait du Dom Pérignon Rose à 950 $ que Sydney venait de servir à un sémillant septuagénaire accompagné de deux charmantes jeunes femmes dont la plastique dispensait d'avoir de la conversation.

Sur la scène Victoria succédait, à Vanessa, qui sera suivie par Brittany. Les filles dansaient autour de la pole barre tout en retirant sensuellement leurs vêtements. Elles finissaient leur danse en un nu intégral. Pas de temps morts, les numéros se succédaient parfaitement. Dans la salle, la libido des clients s'échauffait petit à petit. Léa après avoir avoué à Bill qu'elle ne portait rien sous sa robe légère, se pencha vers lui, lui prit la main pour prouver ses dires. Les bulles émoustillaient les têtes, libéraient les inhibitions, terrassaient les tabous, les codes de la bienséance. Des clientes prises par l'ambiance se sentaient en soif d'amour, de sensualité, de sexe. Leurs compagnons pris au jeu se découvraient des âmes partageuses. Le spectacle le plus hard venait de la salle. Des mains s'égaraient, des bouches s'arrondissaient, des robes se retroussaient. Des serviettes tombaient aux pieds d'hommes, des compagnes ou des voisines de tables, à quatre pattes, venaient les ramasser. Elles s'attardaient sous la table, parfois oubliant l'espace limité où elles officiaient, se heurtaient le dessus du crâne. La soirée devenait chaude. L'odeur de foutre remplaçait le 5 de Chanel. Les phéromones emballaient les récepteurs hormonaux. Léa les pieds nus sortis de ses escarpins, elle les posa sur les cuisses de Bill. Elle voulait ressentir l'effet qu'elle produisait sur lui.

American Best Seller

Bill avait introduit un pied entre les jambes de sa vis-à-vis. Il vérifiait qu'elle n'avait pas menti. Sous la ceinture de sa robe, elle ne portait rien non plus.

Les pieds de Léa sentirent qu'elle ne laissait pas Bill indifférent. Entourant ce Dieu du ciel* capable de faire jaillir la foudre, elle esquissa quelques mouvements pour le tenir en alerte.

Bill se sentait l'esprit très ouvert tout à coup. Léa libérant Argès, il fit tomber à deux reprises sa serviette à ses pieds. Des voisines observatrices et serviables, les compagnes du sexagénaire, vinrent discrètement lui remettre sur les genoux. L'une d'elles, plus excitée, ouvrit son corsage d'une main, de l'autre le phallus de Bill resté sorti. Elle devait le prendre pour un notaire. Elle voulut absolument qu'il en arbore la cravate. Elle Hésitait sur la position du nœud. Près du cou le genre stricte, plus éloigné pour un style décontracté, elle n'arrivait pas à décider. Elle refaisait sans cesse le mouvement. Les notaires sont connus pour l'agrément de cet attribut, pas toujours vestimentaire.

Tout républicain qu'il était, même temporairement, Bill ne se prévalait plus de son instinct de propriété sur Léa. La jeune femme perdant l'exclusivité sur son compagnon, en profita pour faire de d'autres connaissances, élargir son cercle. Elle rendit de petits services, ramassa deux serviettes échappées des mains de voisins maladroits. Les tête-à-tête lui paraissant soudain insuffisants... elle invita, quatre hommes d'affaires à abandonner provisoirement leur discussion sur leurs indices de pénétration, pour la suivre dans les toilettes et l'aider à rectifier son maquillage... Sa robe ne resta pas longtemps un rempart contre de doux assauts.

* *Le cyclope est un dieu du ciel dont l'arme est la foudre.Les cyclopes sont les enfants d'Ouranos (le Ciel) et de Gaïa (la Terre). Leur nom devient synonyme de force et de pouvoir et désigne des armes exceptionnellement bien travaillées.Ils sont trois : Brontès « Tonnerre »), Stéropès « Éclair ») et Argès « Foudre »). Ouranos, terrifié par leur force, les enferme dans le Tartare. Plus tard, leur frère Cronos les libère, ainsi que les Hécatonchires et les Géants. Ils l'aident à renverser et à émasculer Ouranos, mais Cronos, redoutant à son tour d'être vaincu par eux, les renvoie dans le Tartare où ils restent jusqu'à leur libération par Zeus. Reconnaissants envers Zeus, les cyclopes fabriquent le foudre pour lui. Argès ajoute la lueur, Brontès l'orage et Stéropès les éclairs. Ces armes forment le foudre de Zeus, grâce auquel il peut vaincre Cronos et les Titans, et devenir le maître de l'Univers. Ils créent aussi le trident de Poséidon, l'arc et les flèches d'Artémis et la kunée d'Hadès (casque qui rend son porteur invisible).*

Apophis: 23 avril 2029

Les caresses des quatre paires de mains, à peine suffisantes pour assouvir sa soif préliminaire de plaisirs. Les gaillards passèrent ensuite aux choses sérieuses. De tous ses orifices, elle fut comblée. Ils s'excitaient en elle, comme des forcenés. Les rythmes cardiaques tutoyaient la zone rouge. De les voir si inventifs, si appliqués, ils auraient rendu envieuses leurs épouses. Ces dernières auraient découvert en eux un spectre de possibilités qu'ils n'exploitaient pas dans le lit conjugal. Léa arrivait au comble du plaisir, ses yeux se révulsèrent, son sexe devint plus humide qu'une forêt tropicale en période de mousson. Elle aurait poussé un immense cri de jouissance, si sa bouche n'était pas prise.

La réputation de l'établissement se faisait sur l'interdiction de tolérer des drogues dures. Léa constata, que l'on pouvait tomber dans l'addiction de pratiques légales produisant plus de plaisir lorsque, comme les drogues, elles demeuraient dures.

Léa eut du mal à retrouver la motivation pour remettre sa robe. Revenir prendre sa place à la table de Bill, une envie très modérée. Contrainte, ses compagnons épuisés avaient jeté l'éponge.

Assise sur sa chaise, prise d'un feu intérieur qu'elle ne pouvait contenir, elle jeta un œil circulaire. Elle découvrit un trio de jeunes cadres dynamiques venus décompresser. Ils étaient frais, venaient d'arriver à l'instant. Elle se leva, se dirigea vers eux. Serviables comme pas deux, normal, ils étaient trois, ils la suivirent pour l'aider à rectifier une nouvelle fois son maquillage. C'est fou ce que l'esthétique attire les garçons.

Comme l'indique la publicité du club, il faut venir au Camelot pour vivre des moments que l'on n'oubliera jamais... d'en partir en n'ayant qu'une envie, celle d'y revenir.

Promesse tenue !

Jim, comme promis était revenu chez Jane. C'était un homme d'action, certes, mais aussi de parole. Sa nouvelle protégée avait pris un long bain parfumé. Pour l'attendre avait revêtu un déshabillé de dentelles. Elle exprimait un fort besoin de se faire consoler. Dans sa chambre, Jim retrouva une grande partie des accessoires qu'il avait découvert chez John. Les yeux bandés à tour de rôle, en alternance, chacun assouvissait ses fantasmes. Attachés, libérés, actifs, passifs s'échangeant les rôles. Il passa une soirée qui le combla.

Adorant les animaux, Jane sut se faire chatte avant de devenir chienne. Jim au bord de l'évanouissement pria pour remercier John qui, le jalousait au ciel... peut-être. Il donna tellement dans ce corps lui, plus vaillant que dans celui des Marines, qu'il dut déclarer forfait au petit matin blême, victime d'une rupture de frein.

Jim pour sa soirée, n'avait rien à envier à Bill.

Bill apprenant la mésaventure de Jim lui chanta un air Français...

Pousse ton genou,
j'passe la troisième
 Ça fait jamais qu'une borne que tu m'aimes
Je sais pas si je veux te connaître plus loin
Arrête de me dire que je vais pas bien
C'est comment qu'on freine
Je voudrais descendre de là
C'est comment qu'on freine
Cascadeur sous Ponce-Pilate
J'cherche un circuit pour que j'm'éclate
L'allume-cigare je peux contrôler
Les vitesses c'est déjà plus calé
C'est comment qu'on freine
Tous ces cosaques me rayent le canon
Je nage dans le goulag je rêve d'évasion
Caractériel je sais pas dire oui
Dans ma pauvre cervelle carton bouilli
C'est comment qu'on freine
Je m'acolyte trop avec moi-même
Je me colle au pare-brise ça me gêne
Ça sent le cramé sous les projos
Regarde où j'en suis je tringle aux rideaux
C'est qu'on freine
Je voudrais descendre de là
C'est comment qu'on freine

Apophis: 23 avril 2029

Jim et Bill mirent trois jours pour récupérer la totalité de leurs forces, à recouvrer la plénitude de leurs moyens. Pour Jim, un délai supplémentaire, pour se remettre de sa rupture de frein.

Le samedi matin suivant, Bill et Jim se contactèrent, il leur fallait retourner chez Moshe pour voir ce qu'il était devenu.

Devant la porte du concierge, ils croisèrent un locataire qui revenait de son footing. Il les salua. Intrigué les observa, avant d'appeler l'ascenseur.

Dans l'appartement, Moshe n'avait pas bougé. Façon de parler... puisqu'ils constatèrent de petits mouvements, de petites vagues sous sa peau.

Jim expliqua que si personne ne le regardait, ce qui venait d'être le cas pendant quelques jours, suivant la théorie de la physique quantique, Moshe redevenait ondes. C'était peut-être ce qui était en train de lui arriver sous leurs yeux, d'où les ondulations.

Bill plus terre-à-terre, plus branché sur les physiques féminins que sur la physique quantique, se demanda si ce n'était pas plutôt les asticots qui festoyaient joyeusement et non les vibrations des ondes...

American Best Seller

Apophis: 23 avril 2029

12

Le Group « for the Recapture of Indigenous Peoples' Countries » (GRIPC) tenait sa réunion chez George. Se trouvaient présents, ici à Washington, les Chamans Amérindiens Dragging Canoe et Anoki des Cherokees, de sa tribu d'origine, Anoatubby des Chicachas, Pushmataha des Chactas, Shawnee des Creeks, Osceola des Séminoles, Donnacona des Iroquois, Onasakenrat des Mohawaks, Ottrowana des Cayugas.
Tjapaljarri le représentant des Aborigènes d'Australie en invité.
Tjapaljarri par la pensée restait en contact avec ses frères réunis pour les mêmes raisons à Ayer Rock. Tous devaient mettre en œuvre la grande décision, débuter les actions pour, le moment venu, lancer conjointement la reconquête de leurs terres, en Australie et sur le continent Américain.
Les Chibchas tenaient la même réunion à Bogota, ils avaient été rejoints par les Quechuas du Pérou, les Aymaras de Bolivie, les Mapuches du Chili et d'Argentine, les peuples d'Amazonie représentés par les Guarani et les Shiwiar, les peuples Patagons et Fuégiens dont la voix était portée par des Chonos, des Ona et des Yamanas.

Au nord, à Anchorage les Inuk et les Inuit réunis s'associaient à eux. Ils avaient invité des représentants de la langue Yupik venus en observateurs de Sibérie. Tous gardaient une liaison télépathique avec George et ses amis.

Issus de peuples spoliés, massacrés, ils avaient tous en commun l'idée de laver l'honneur de leurs ancêtres.

La réunion de Washington commença, tous assis en tailleur, formant un cercle parfait, ils se passaient de main en main le calumet des Cayugas. Calumet bourré de Salvia Divinorum, la sauge des devins.

La fumée envahit la pièce. Les effets enthéogènes, psychotropes, hallucinogènes, devaient leur modifier l'état de conscience. Pour en amplifier l'action ils commencèrent à mastiquer de petits fragments de peyoti. Pour compléter le rituel de passage au nouvel état de conscience, un bol d'une décoction de plantes chamaniques mystérieuses passa de bouche en bouche.

La transe débuta. Pendant des heures ils cherchèrent à se connecter à leurs cibles situées en Albanie. Leur état de conscience modifié, tous à l'unisson, ils finirent par entrer dans les pensées d'un groupe d'hommes basés au nord-est de Shkodër, entre Bajram Curri et Fierzë, dans la montagne, à Selimaj. Ils lisaient en eux, déchiffrant leurs volontés.

Unissant toutes leurs forces mentales ils réussirent à imprégner leurs cerveaux, les influencèrent pour que leur action sur la déviation de trajectoire d'Apophis détermine une collision terrestre au niveau du Nevada.

Tjapaljarri communiquait télépathiquement en même temps avec un chef de tribu Aborigène, qui avait réuni tous les chamans des clans Pitjantjatjara et Yankunytjatjara à Uluru.

Du haut de cet inselberg, le son des didgeridoos, accompagné de celui des rhombes, rythmé par la percussion de deux boomerangs s'entrechoquant entre eux, baignait le rituel de la cérémonie. Les participants vibraient en phase avec les invités de George. Leur but,

Apophis: 23 avril 2029

commun, agir en coordination avec la bande à George sur les pensées des extrémistes religieux d'Albanie.

Ayer Rock était gardé plus sûrement que Fort Knox* pour ne pas troubler les rituels amenant au contrôle de la pensée des barbus illuminés.

Il avaient deux objectifs.

Que les données d'impact d'Apophis désignent comme cible le Nevada avec une probabilité de voir scinder en deux parties la sidérite en entrant dans l'atmosphère, le deuxième fragment percutant la côte de l'Australie.

Faire fuiter une information indiquant que les seuls possibilités de survie seraient de se trouver dans un triangle formé par le Mont Abarim à l'est de l'embouchure du Jourdain dans la mer Morte, Jéricho et Jérusalem.

Les blancs envahisseurs partis se réfugier sur cette terre biblique pour sauver leur peau, dans la panique et la confusion, la reconquête des territoires deviendrait possible.

La prise de contrôle des pensées des gus d'Albanie par la conscience de ces différents peuples aborigènes réalisée, les festivités purent commencer.

Pour rendre la soirée de post-réunion conviviale, chacun pouvait apporter un alcool fort. George avait fait venir de Santa Cruz, en Bolivie, un délicieux breuvage composé d'alcool de sucre de canne, le Cocoroco. Sa bouteille, de chez Ceibo, titrait 96°. Le genre de boisson qui, si t'en abuses, te dissout les rétines au plus profond des globes oculaires... Demande la confirmation à Stevie Wonder !

Anoki, le Chaman Cherokee, posa sur la table sa bouteille de Spirytus Rektyfikowany de 500ml, titrant 95°. C'est buvable lorsque l'on ne s'en sert plus comme décapant ménager. Pour faire les vitres c'est de première, les fenêtres deviennent étincelantes, enfin pour le

---

Fort Knox est un camp militaire de la United States Army construit en 1918 et situé aux États-Unis dans le Kentucky, au sud de Louisville et au nord d'Elizabethtown. Depuis 1937, le gouvernement fédéral américain y entrepose la réserve d'or des États-Unis.

verre qui n'a pas été dissout.

    Tjapaljarri l'Aborigène, le début de son nom de peau, « TJ », indiquant sa condition d'homme, resta classique, il offrit un whisky Bruichladdich. Une recette Écossaise du 16 ème siècle, ne titrant que 91,2°. Sa publicité mettait en garde, en boire plus d'une cuillère à la fois peut conduire à perdre la vue.

    Anoatubby lui, avait dans sa musette une bouteille d'Everclear de 95° de chez David Sherman. Lorsqu'ils ne le buvaient pas, les Russes l'utilisaient comme carburant pour propulser leurs Soyouz.

    Pushmataha avait trouvé chez un Irlandais un vieux Poitin de chez TWC ne titrant que 61,5°.

    Sur la table des présents, ils y avaient de quoi dissoudre dans l'alcool les restes d'alcaloïdes circulant dans leur sang,. Alcaloïde qui leur avaient permis leur modification d'état de conscience...

    Si avec ces breuvages ils ne finissaient pas par avoir de nouvelles et inédites visions intérieures... ce serait à désespérer des bienfaits de l'alcool.

Apophis: 23 avril 2029

13

Deux Cops du Third District Headquarters Metropolitan Police Departement avaient convoqué Jim et Bill dans leur bureau du 1624 V street.

Un voisin de Moshe, un sportif doublé d'un délateur, incommodé par l'odeur provenant du logement du concierge, ne voyant plus son gardien officier à la réception de l'immeuble, les avait alertés.

Se rendant sur place, les shérifs avaient découvert le cadavre de Moshe en grouillante compagnie.

Le gros offrait contre sa volonté profonde un buffet campagnard gratuit aux asticots. Il y avait foule. Sur le corps encore chaud de Moshe, les diptères avaient partouzé comme des humains. Les pontes généreuses. Des larves, leurs marmots à repeupler tous les couvents de la terre, en inonder leurs salles de bains. Lorsque c'est gratuit, les convives ne manquent pas.

Le gus déclencheur d'enquête, souffrant d'hypermnésie, se souvenait parfaitement des deux gars qu'il avait croisé à deux reprises devant la porte du concierge. Intrigué par la présence inhabituelle de leurs deux bolides survitaminés, qu'il avait déjà remarqué quelques jours plus tôt, garés à proximité de l'entrée de

l'immeuble, il avait retenu leurs immatriculations. Une Dodge Challenger et une Mustang Shelby, des bagnoles de frimeurs, ça ne passe pas inaperçu. Ce ne sont pas des caisses de ménagères ou de bons pères de famille. Les deux baraqués, devant la conciergerie, il les avait pris pour des gars de la mafia ou d'un gang pas très bang.
Ce témoin aimait aussi l'humour.

Avec toutes ces données récoltées, ce fut un jeu d'enfant pour Tod et Roggers d'identifier les propriétaires des bolides pièges à bimbos.

Bill et Jim, le gus physionomiste, derrière la vitre sans tain, les avait reconnus, il en était formel, sa main à couper.

Un gus du FBI, l'autre de la NSA, Roggers n'en revenait pas. Ne manquait plus dans cette histoire, pour compléter le casting, que ne déboule un membre du congrès, et pendant que nous y étions, soyons fous, que se pointe Donald au bras de Melania.

Notre président est attiré par des femmes dont le prénom se termine par "A"... Marla, Ivana, Melania... même se vante-t-il, Carla.

Que foutaient ces deux fédéraux chez un concierge d'immeuble, qui plus est, d'un gus ayant eu le bon goût de passer de vie à trépas pendant la période de visite des deux frimeurs fédéraux.

C'est Jim qui prit la parole. Il expliqua aux deux flics incrédules, que Moshe était mêlé à une sale histoire classifiée secret défense. Qu'ils devaient se garder de mettre un doigt dedans. Que les deux agences enquêtaient sur les agissements du gus qui avait un poste de concierge comme couverture. Il y avait de bonnes chances qu'il soit l'auteur d'au moins deux meurtres, voire deux assassinats.
Tod fit remarquer que :

-d'après le légiste Moshe était mort depuis plusieurs jours, lorsque Abraham, le locataire de l'immeuble, les avait croisés devant la porte de la victime, mais que leurs voitures s'y trouvaient déjà quelques jours avant, toujours d'après Abraham, ce qui correspondrait à la date de la mort de Moshe.

Apophis: 23 avril 2029

Une coïncidence?

-Une victime, comme vous y allez, s'insurgea Bill. Le gus se sentant démasqué, votre victime, notre coupable, voulant couvrir l'organisation criminelle étrangère qui le commanditait, s'est suicidé.

Les vraies victimes dans cette histoire ce sont les États-Unis d'Amérique, ajouta-t-il, la main sur le cœur.

Avec une oreille fine il était possible d'entendre résonner dans la tête de Bill, pendant son plaidoyer, The Star-Spangled Banner.

Pas la version de Jimi Hendrix, mais la musique de The Anacreonic Song de John Stafford Smith.

-Ne renversez pas les rôles, compléta Jim, qui lui, dans sa tête écoutait Steppenwolf hurlant Born To Be Wild.

Tod et Roggers les regardaient bouche ouverte, tellement l'explication leur paraissait farfelue.

-Ces deux gus ont un aplomb qui me troue le cul, murmura Tod à l'oreille de Roggers.

Ils hésitaient à abattre une nouvelle carte, avec des fédéraux, tu marches sur des œufs. Tod regarda Roggers, il lui fit un signe de tête signifiant, vas-y, lance lui dans les pattes.

Tod, prenant sur lui, il était de la famille de la maire, il se sentait politiquement protégé.

-Vous parlez d'un suicide, un gars qui se brise les vertèbres cervicales dans la traditions des forces spéciales. Il devait avoir un sacré entraînement et une grande souplesse pour se l'appliquer à lui-même.

Roggers se sentant encouragé par la sortie de Tod ajouta:

-vous êtes tous les deux des anciens Marines, si j'en crois mes renseignements, vous avez bénéficié de l'entraînement des forces spéciales...

Bill qui commençait à trouver qu'il perdait son temps, eut envie de mettre définitivement les choses au point.

-Moshe était un agent dormant d'une puissance étrangère dont je ne suis pas habilité à nommer ici. Il a été réveillé pour retourner des chercheurs de la NASA. Pour les inciter à divulguer des informations bidons, des fakes news, dont le but de semer la pagaille dans le pays, de mettre à mal son économie. Cette puissance ayant échoué à corrompre ces patriotes, elle les a fait disparaître. Ses commanditaires tenteront de les faire remplacer par des femmes ou des hommes plus sensibles à leur pouvoir persuasif.

lui Bill, avec Jim, étaient passés chez Moshe pour les besoins de leur enquête. Ce qui expliquait les éventuelles traces ADN leur appartenant pouvant être retrouvées chez lui. Se sentant pris dans la nasse, se voyant à brève échéance découvert, ce traître à la patrie avait choisi de se donner la mort.

-ou de se la faire donner par des complices de son organisation, suggéra Jim.
Bill reprit la parole:

-Un suicide, assisté ou non, ne regarde pas des enquêteurs de votre niveau. Vous avez certainement d'autres chats à fouetter, des affaires sérieuses où votre présence est indispensable, votre temps à leur consacrer, précieux. Pour nous, au niveau fédéral, nous bouclons le dossier de deux disparitions. Nous avons identifié le coupable, que vous faut-il de plus?

-Le gus, persuadé de sa culpabilité, certain de sa condamnation, s'est appliqué lui même la sentence. En quoi cela concerne-t-il le « police departement » de Washington, District de Colombia. Remerciez-le, il nous évite un procès, de mobiliser pour rien un juge, des jurés, des avocats. Que de temps perdu à ces conneries des droits de la défense. Des dollars gaspillés, des frais occasionnés par le procès, dollars pris dans la poche des contribuables qui sont aussi des électeurs... Pensez à la réélection de Muriel Bowser en 2022, vous ne voudriez pas être responsable de la défaite d'une démocrate. Des démocrates qui se succèdent à la mairie depuis 1975 et l'élection de Walter Washington. À la tête de la mairie, vous avez eu Marion Barry, Sharon Pratt Kelly, Barry à nouveau, Antony A Williams, Adrian Fenty, Vincent C Gray. Tous démocrates

Apophis: 23 avril 2029

qui devaient leur pouvoir à Richard Nixon, le président qui a signé le « District of Colombia Home Rule Act ». Il vous offre un maire élu de votre bord politique ainsi que les conseillers du district de Colombia, et non plus nommé par le président comme jusqu'en 1974... Ils seraient républicains, réfléchissez les gars.

Tod et Roggers acquiescèrent, va pour un suicide, affaire classée. Tod se sentit soulagé, il ne serait pas responsable d'avoir fait perdre la mairie à Muriel.

-Imagine un putain de républicain à la tête de la ville, j'en ai des crampes jusque dans les intestins, glissa-t-il à Roggers.

-Nous allons aussi classer cette affaire assurèrent Jim et Bill.

Quittant les lieux, après avoir salué Tod et Roggers

-allons arroser notre succès dit Jim à Bill, .

-Direction la 9 ème rue, l'Empire Lounge, s'écria Bill.

Les deux bolides démarrèrent en trombe, ils se tirèrent la bourre.

-Sus à ces cons de piétons, hurlait Jim dans sa radio pour couvrir les rugissements de sa Shelby.

-Garez vos miches les bipèdes, lui répondait Bill en écrasant le champignon de sa Challenger.

Ils arrivèrent sans avoir percuté le moindre obstacle. Parfois il faut croire aux miracles.

Ils pénétrèrent dans l'établissement. Décore antique Romain, lumière violette, salle pleine à craquer, le DJ officiant aux platines, des filles dansant sur un balcon, d'autres dans une cage suspendue. Des serveuses apportant des bouteilles aux bouchons crépitants d'étincelles. Plus kitsch, il te faut de l'imagination.

Ça se trémousse, ça glousse, ça se pousse. Jim repéra deux rousses incendiaires déchaînées sur la piste, le caraco collant à la peau, des seins lourds ayant du mal à lutter contre l'attraction terrestre, tatouages, piercing, jupes de cuir enfermant une fournaise, bas résilles.

-Bill suis-moi, j'en vois deux qui sont mures, ce soir c'est la Saint Condom, allons la fêter dignement.

American Best Seller

Apophis: 23 avril 2029

14

Avant de le classer, Jim et Bill étudiaient le dossier de George, un verre de Wild Turkey Rare Bred toujours à moins d'un demi yard du gosier.

Bill aimait laisser ces notes de menthe et d'orange lui taquiner le nez.

Ils allaient de surprises en surprises, de bonnes question dégustation du Bourbon, de moins bonne concernant George. Ce gus ne se contentait pas de promener son malinois à longueur d'année, devant le siège de la NASA dans des oripeaux de vieil original genre Peace and Love des années soixante, l'illuminé frère de tous les gus du monde. Il avait quelques autres talents. Ils s'avéraient nombreux. Pas tous de ceux que l'on claironne sur les toits.

Cherokee d'une lignée de chamans, il avait été emprisonné plusieurs fois pour destruction de matériel agricole sur des terres de ses ancêtres qu'il revendiquait pour sa tribu. Il voulait bouter les envahisseurs saxons à la mer. Sous hypnose, des politiciens démocrates, l'avaient accusé de les avoir fait se ridiculiser en réalisant un strip-tease pendant un discours devant leurs électeurs.

George avait pratiqué l'hypnose, l'avait même enseignée un temps. Temps où il avait approfondit ses liens d'amitié avec Moshe.

-Tu vois Bill, les choses commencent à se mettre en place. Ça prend tournure. Question goût pour les thèses humanistes, ce George n'en est pas leur défenseur suprême. La pratique de l'hypnose à haut niveau par cet emplumé, peut expliquer qu'il soit capable, sur des gus réceptifs, de leur suggérer des faits. Je le crois apte à le faire si intensément, que s'imprègne dans des cerveaux de témoins, l'idée qu'ils ont réellement vécu les événements suggérés en subliminal, jusqu'à en faire des moments de vie, mémorisés par ceux sur qui il a exercé son don. Ses idées délirantes, peuvent devenir des réalités pour ceux qui succombent à son pouvoir.

-Sa complicité avec Moshe plaide aussi en ce sens. Ces deux-là, pour de l'argent, par idéalisme, par simple goût de faire le mal, ou sous l'influence d'une résurgence des traumatismes acquis au Vietnam, des tueries de masse qu'ils ont perpétrées, ces horreurs sortant des noirceurs de l'oubli provisoire nécessaire pour continuer à vivre, leur sautant à la gueule. Revivre un bombardement au napalm, au phosphore, bombes lâchées d'un B52 par un copain du Nevada, de Californie, du Texas, que sais-je... les ont de nouveau plongés dans la violence.

-Nous n'allons pas nous amuser pour le faire avouer, j'ai connu des parties de plaisir plus simples à obtenir.

-Allons le cuisiner chez lui.

George habitait 800 4th street, à six minutes du siège de la NASA, distant d'à peine 0,3 miles, au 8 éme et dernier étage d'un immeuble avec balcons et loggias. Rue calme, bordée d'arbres cinquantenaires, de l'âge de l'immeuble, probablement.

L'après-midi touchait à sa fin, lorsque Bill et Jim arrivèrent au bas de l'immeuble. Ils garèrent leur véhicule à l'ombre des feuillages. Pour se donner le temps d'échafauder une tactique, ils gravirent les étages à pied. Une fois sur le palier, ils sonnèrent à la porte de George. Un aboiement de l'autre côté de l'huis leur indiqua que George devait se trouver là. Il ne tarda pas à leur ouvrir.

George ébouriffé, le visage rubicond, l'haleine décontaminée

Apophis: 23 avril 2029

au Bourbon, en marcel orange et bermuda fleurit, les accueillit. Il sortait de sa sieste, passage obligatoire lui permettant de voir descendre lentement son taux d'alcoolémie. Il fit un effort sur lui, rassembla tous ses esprits.

    Regarde qui vient là, Clinton !

Le chien jeta un œil vers les deux arrivants, puis reposa la tête sur ses pattes de devant, poursuivant sa sieste.

    -Nous sommes porteurs d'une mauvaise nouvelle pour vous, votre ami Moshe a été retrouvé suicidé, l'informa Bill, avec la voix du gars qui voyait venir la chose, la pensait inéluctable.

George qui lisait dans leurs pensées, la décoction de peyoti mélangée au Bourbon faisait encore son effet, joua le jeu du gars surpris par la nouvelle.

    -Il ne me semblait pourtant pas déprimé, objecta George. La dernière fois que je l'ai vu, nous avons passé un putain de sacré bon moment. Il était gai comme un Mexicain qui sait qu'il aura ses tortillas aux frijoles refritos et du Mezcal.

    -Les disparitions de John et de Ray sur sa conscience, les deux chercheurs de la NASA, y sont peut-être pour beaucoup, lui asséna Jim.

    -Vous m'étonnez, John n'était qu'un locataire parmi d'autres, rien de plus pour lui. Votre John, il le connaissait mais pas plus que ça, les civilités d'usage. Bonjour, bonsoir, un mot gentil pour l'empathie, les bases du métier de gardien d'immeuble pour rupins.

    George essayait de dédouaner Moshe, il entrait subitement dans la peau du défenseur de sa mémoire.

    -Certes il les connaissait moins que vous, le tacla Jim qui suivait son plan.

    George lisait en lui à livre ouvert. Il devinait où ce gus voulait en venir avec ses gros sabots. Il tourna lentement la tête vers Jim. Le fixa intensément au fond des yeux, d'un regard qui ne s'oublie pas, qui vous transperce. Ses lèvres murmurant des phrases sans que Jim ou Bill ne perçoivent ses mots, puis à haute voix:

-je les croise en promenant Clinton, un sourire, un salut, rien de plus. Eux se pointent pour turbiner, ils sont pressés, moi je suis pensionné, j'ai tout mon temps. Nous ne vivons pas dans le même univers, ne partageons pas le même espace-temps.

Jim sentant d'un seul coup une irrésistible envie d'uriner, s'enquit de l'emplacement des toilettes.
George lui indiqua.

-La porte grise face au chien.

Jim s'y dirigea, par la porte faisant face à celle des toilettes, restée entre ouverte, sur le lit de cette chambre sommeillait un chat persan. Jim se dit qu'il connaissait l'animal, qu'il l'avait déjà vu, mais ne voyait pas où. Il poussa la porte des toilettes, entra, sentit brutalement une grande fatigue, une lassitude écrasante, ses paupières trop lourdes pour les maintenir ouvertes. Il décida de pisser assis, n'ayant plus assez de forces pour tenter l'Andalouse, un genou à terre, le sexe à hauteur de la cuvette, évitant ainsi d'en foutre partout. Il baissa caleçon et pantalon, posa son cul sur la lunette et s'endormit en se pissant dessus.

Bill resté en tête à tête avec George, l'interrogea, le cuisina, il voulait prouver qu'un agent du FBI pour faire parler un récalcitrant, était plus douée qu'un gus de la NSA.

-Êtes-vous certain de ne pas les connaître plus que vous ne l'assurez?

-Comme je vous le dis.

-N'avez-vous pas joué un rôle dans leur disparition?

-Votre imagination vous joue des tours, vous voyez le mal partout. Une déformation professionnelle je suppose...

-N'avez-vous pas de complicité avec Moshe?

-Notre seule complicité, c'était pour jouer au poker en buvant des coups et nous remémorant le Vietnam. Parce que nous les Amérindiens comme les Afro-américains, pour obtenir des bourses pour nos études, nous étions obligés d'y partir. Nous, contrairement aux blancs qui avaient le pognon pour les universités, et restaient

Apophis: 23 avril 2029

peinards chez papa et maman, nous ne restions pas le cul à terre en gueulant « stop the war », ou à nous trémousser dans la boue à Woodstock on gueulant « Peace in Vietnam ».

-Où sont les corps?
Il avait élevé la voix.

Clinton, sortit de sa léthargie, voulu se rendre compte de la situation. Il se leva, marcha d'amble, comme un chameau, un éléphant, un ours, une girafe, un okapi, un lama, un loup à crinière.

Dans sa tête de chien il venait d'inventer un jeu, devine quel animal je suis, en regardant ma façon de marcher. Il se sentait d'humeur déconne. Qui pourra dire après ça que les chiens n'ont pas d'humour... Puis se ravisant. Si un connard d'humain me pique l'idée, il me volera les royalties, la protection de la propriété intellectuelle ne marche que pour les humains, surtout les blancs. Reprenant son sérieux de chien, il se dirigea vers Bill, prêt à intervenir si George lui paraissait menacé.

George fixa profondément Bill, en marmonnant.

Bill sentit une soudaine lourdeur de ses paupières, sa respiration ralentit, puis...

Bill et Jim furent retrouvés le lendemain matin sur le parking, par des écoliers attendant leur school-bus. Réveillés par des pompiers du DC Fire Departement Federal CU, ceux de Rode Island avenue. Les deux fédéraux avaient le cul à l'air, chacun dans la voiture de l'autre.

Les voitures empestaient. Jim sentait l'ammoniaque et la vieille urine. Les effluves sortaient par la vitre entrouverte. Bill lui ne sentait que les dessous-de-bras qui macèrent et les pieds négligés. Les deux étaient incapables d'expliquer ce qu'ils faisaient là. Ni pourquoi chacun se trouvait au volant de la voiture de l'autre. Encore moins de ce qu'ils avaient bien pu faire de leurs caleçons et de leurs pantalons. Rien, pas le moindre souvenir. Juste cette phrase idiote, rapportée par les pompiers, phrase qu'ils répétaient dans leur sommeil, l'un comme l'autre, imaginez la bizarrerie:

American Best Seller

-Apophis nous fonce dessus, planquez-vous, ça va exploser, nous allons tous y passer.

Apophis: 23 avril 2029

15

    Léa composa le numéro de Bill. Elle faisait office de standardiste pour Sam. Lui, impérial, dans sa veste d'intérieur de soie rouge écarlate, était en liaison avec ses services.
    Il complétait et détaillait des points vus à la réunion de la veille, pour lancer la mission « Explosion Albanaise ».
    -Bill, Sam est de retour de sa mission européenne. Tu le verrais, il est tout excité. Je ne sais pas si c'est l'Europe ou si c'est moi qui lui faisons cet effet, je ne l'ai jamais vu dans un état pareil.
    Bill inquiet :
    -sait-il pour nous deux ?
    -Il ne m'en a fait aucune allusion.
    -Pourquoi veut-il nous voir, est-ce en lien avec notre enquête ?
    -Je n'en sais pas plus, juste que c'est très urgent, important pour lui. Il n'a pas tenu à m'en expliquer davantage. Il m'a juste demandé de vous joindre pour vous informer qu'il souhaite vous voir de toute urgence. Il doit faire le point avec vous deux, de ce qui est advenu d'important pendant sa mission en Europe. Il a des informations qui risquent de vous surprendre. Il m'a dit, je vais leur trouver le cul, c'est te dire. Ah oui, j'oubliais, surtout ne parlez à personne autour de vous de ce rendez-vous. Il vous attendra, Jim et

toi à son bureau de l'antenne locale, demain matin neuf heures.

-Léa, puis-je te voir ce soir ?

-Désolée Bill, j'ai déjà un engagement avec Sam. Ce soir il veut décompresser, se changer les idées, se recharger les réserves de plaisirs. Il veut fêter dignement nos retrouvailles et son retour sur le sol de la mère-patrie. Il a retenu une table au Hard Rock Cafe, celui du 999 E street. Le son des guitares jouant du bon rock'n roll lui manquait. La collection de photos des Rock Stars dont celle dédicacée par John Lennon, sont nécessaires à son décor. Une forte envie de nourriture Américaine, après ces jours à bouffer Européen. Ingurgiter des saloperies estampillées Bio, pas toujours dans des pays phares de la gastronomie, lui a gâté l'estomac. Ce soir ce sera Hamburger et Coca maxi. Il a parfois, là-bas, dans ce qu'il considère comme de lointaines contrées, risqué sa vie, pour le bien de votre pays. Ce soir, il veut aussi retrouver les plaisirs simples dont il a été privé.

Bill, pas trop rassuré sur toutes les intentions de Sam, voulut faire le malin, déconner pour jouer au gars qui ne s'en fait pas trop.

-Finirez-vous votre soirée en orgie dans le bureau ovale de la Maison-Blanche, c'est à deux pas. Ce bureau, qui a parfois eu du mal à rester de bois... s'il pouvait parler, il pourrait vous en raconter des vertes et des pas mûres sur les locataires des lieux, voire vous donner des idées.

-C'est quand même à presque une borne et demie du Hard Rock, je ne suis pas certaine que Sam tienne jusque là-bas, si je le mets en bonnes conditions, en suivant le rythme imposé par la musique, dit-elle en minaudant.

Bill raccrocha, dans ses yeux perçaient de l'inquiétude mélangée à de l'envie.
Sacré Sam.

Puis reprenant ses esprits, Bill s'interrogea. Sam savait-il quelque chose concernant ses frasques nocturnes avec Léa. Avait-il deviné ? Quelqu'un les avait-il dénoncé. Les services secrets de

Apophis: 23 avril 2029

Vladimir Vladimirovitch avaient-ils balancé pour foutre le bordel entre les agences...

En réalité, le Sam, Bill ne le connaissait pas tant que ça. Pour faire la fête, picoler, déconner dans les boîtes à partouzes là, pas de problème, il savait ce dont il était capable, connaissait son absence de limites. C'est ce qui dans un premier temps les avait rapprochés. Question sentiments, susceptibilité, amour-propre, il restait pour lui un parfait inconnu. Pour sa copine du moment, était-il du genre exclusif ou plutôt partageur, jaloux à l'extrême ou n'en ayant rien à foutre... il n'en avait fichtre aucune idée.

Ce soir, si les deux tourtereaux ne se contentaient pas des Cocas. Pour fêter le retour de Sam, s'ils trinquaient plus que de raison au Korbel Sweet Rosé, le fameux champagne Californien. Si la tête fourmillant de bulles, Léa, euphorique, se mettait sur l'oreiller à tenter des comparaisons...

Bill passa une mauvaise nuit.

Neuf heures allaient sonner à l'horloge du clocher. Bill et Jim arrivèrent dans l'annexe locale de la CIA. Peggy, briefer sur la discrétion de leur venue, les reçut, les fit patienter.

Elle prévint Sam.

Sam arriva le visage tendu. Après le hand-shake de courtoisie, Sam leur demanda de le suivre dans une pièce sécurisée.

Ce qu'il avait à leur annoncer était strictement confidentiel, devait rester entre eux.

Bill n'était pas plus rassuré que ça. Il jeta un rapide coup d'œil à la ceinture de Sam, pour vérifier qu'il ne portait pas d'armes. Il ne savait toujours pas s'il était au courant pour Léa et lui.

La porte fermée, Sam se tournant vers Bill :

-Il y a une chose que nous devons mettre au point, concernant ce que nous avons partagé.
Bill sentit son visage perdre quelques couleurs.
Sam se tournant vers Jim :
-tout ce que je vais dire ici, entre ces quatre murs, doit rester

entre nous. Nous sommes amis, pas vrai ?

-Pour sûr, acquiesça Bill.

-Je vais vous communiquer ces informations parce qu'elles ont des incidences sur votre mission.

Bill respirait, cela ne concernait pas son histoire de cul avec Léa. Pour s'assurer que Sam n'avait aucun soupçon, ou que cela ne lui faisait ni chaud ni froid, il se permit une digression.

-Comment va Léa ?

-Ce n'est pas le moment Bill.

-Désolé Sam.

-Je vous dis qu'il se passe des choses capitales en ce moment. Nous en sommes au même niveau de tension que du temps de la guerre froide avec les soviets. Juste que les tyrans du jour ont changé de nom. Ils ne se réclament plus d'une idéologie pseudo-émancipatrice, mais d'une religion ayant des visées inverses. La résultante finale restant la même. La domination de la planète par quelques illuminés autoproclamés.

-Putain si ces gus réussissent, nous sommes dans la merde... Alors qu'avec nos démocraties du monde libre, nous ... Il faut que je réfléchisse.

-Ma mission en Europe était liée à la vôtre. Notre point commun, les modifications de trajectoire d'Apophis. Vous, pour empêcher les informations de fuiter, moi, pour traiter ceux qui en sont à l'origine. La CIA a démasqué une organisation liée à ce fameux mouvement religieux extrémiste qui prône le retour au Moyen Âge. Elle aspire à une hégémonie totale. Le but est de déstabiliser le monde occidental pour créer un gigantesque chaos, discréditer nos valeurs. Puis se posant en sauveur, se présentant comme ceux ayant empêché la catastrophe annoncée, se faire plébisciter par le monde entier pour prendre le pouvoir et imposer leurs lois religieuses seules capables d'apaiser la fureur de Dieu à notre encontre.

-Le monde libre est menacé par la connerie !

Apophis: 23 avril 2029

-Celui qui nous suit, qui pense comme nous, qui a adopté nos valeurs, nos façons de voir, de vivre, en gros, les démocraties représentatives et les régimes autoritaires dont nous sommes les inspirateurs.

-Quand tu penses qu'il y a des gus pour rejeter ce que notre civilisation apporte pour les rendre heureux. Des gus qui se complaisent dans la barbarie, l'obscurantisme, qui se dessoudent entre eux au couteau... alors qu'Armalite s'est cassé le cul à inventer l'AR-15 devenu le M-16.

-En France et en Allemagne nous avons localisé des mosquées leur servant de bases de recrutement. Nous les avons noyautées, à la mode Trotskiste, par de l'entrisme, mais pas à drapeau déployé.

Par ces infiltrés nous avons découvert leur base opérationnelle dans le nord de l'Albanie. De cette base ils agissent sur les données concernant Apophis, transmises par nos satellites et télescopes. Voilà maintenant le lien avec vos propres missions. Pour nous déstabiliser, détruire nos économies, ruiner le moral de nos citoyens, tenter de les pousser au désespoir. Ils nous enfument, nous font croire... Ils modifient les données qui nous sont transmises. Pour arriver à leurs fins, le plus efficace, c'est de faire croire que nous allons vivre la fin du monde. Pas à celle folklorique des millénaristes précédant le départ du nouvel âge d'or. Là c'est du réel, une fin du monde à court terme, la mort effroyable des populations, de leurs enfants, dans les flammes plus violentes que celles de l'enfer. Informations confirmées par les calculs maintes fois vérifiés des scientifiques. Leur but, les faire fuiter. Que des gus ulcérés par ce complot du silence crachent le morceau. Que les rapports tenus secrets par les gouvernements, en accréditent la réalité. Leur support, l'arrivée le 13 avril 2029 d'Apophis, qui détruira toute vie sur terre lors de la grande collision. C'est là qu'ils interviendront, expliqueront que par la grâce de leurs prières Dieu a dévier la trajectoire, sauvé toutes les vies... à quelques heures du final. Ils apparaîtront en sauveur de l'humanité. Grâce à leur Dieu qu'en remerciement nous devrons tous vénérer.

-Les gus du CNeoS l'ont vérifié par leurs calculs. C'est une réalité. C'est même pour cela que Bill et moi sommes missionnés. Nous devons tout faire pour que l'information ne soit pas divulguée.

-C'est ce que veulent nous faire croire les manipulateurs de ce mouvement. Pour cela ils ont des équipes de scientifiques de haut niveau à leur dévotion.

-Le coup du champ magnétique qui modifie la trajectoire du géocroiseur constitué de sidérite, vient-il de leurs laboratoires ? Utilisent-ils nos satellites pour générer cette force ?

-C'est plus simple, plus génial. Ils ont noyauté des équipes d'ingénieurs construisant des satellites pour les chaînes de télévision en langue sémitique, pour y installer en clandestin leurs modules de décryptages, modifications des informations de trajectoire, cryptages et réémission des données afférentes à Apophis. Ils ont profité de la mise sur orbite par un lanceur commercial de trois satellites pour la diffusion de chaînes de télévision du Golfe. Leurs récepteurs émetteurs embarqués, modifient à la marge les données de trajectoire, sans que soit modifiée réellement la position d'Apophis, ils les injectent ensuite vers nos récepteurs pour nous tromper. Cela est imperceptible, ne retarde le signal que de quelques nanosecondes.

-Apophis ne modifie pas sa trajectoire, ce sont les données de sa trajectoire qui le sont. Génial.

-Les commandes sont effectuées dans cette base au nord de l'Albanie. Une fois la base détruite, leurs émetteurs ne seront plus alimentés, plus pilotés, les données redeviendront réelles.

-Il suffit juste de détruire la base ?

-Exacte.

-Alors pourquoi n'est-ce pas encore fait.

-L'Albanie est un pays souverain, nous attendons l'acceptation de notre projet par leur président, Ilir Meta.

Une fois obtenu l'accord, un B-2 équipé de deux bombes GBU-43 décollera de Ramstein Air Base, dans le sud-ouest de l'Allemagne. Il transformera leur sanctuaire en joli tas de cendres et

Apophis: 23 avril 2029

de gravats. Les données calculées par le CNeoS redeviendront normales, le géocroiseur poursuivra comme par le passé sa rotation autour du soleil, nous croisant deux fois par an.

-Pourquoi attendre le bon vouloir du gus d'Albanie ? Pour l'Argentine, le chili, Grenade, ou pour les Présidents que nous faisons élire dans nos pays croupions... nous sommes intervenus sans demander de permission. Les gus élus en Europe depuis la mort du Général Français, ont tous été adoubés par nous. Ils sont validés Bilderberg. Putain nous dirigeons le monde oui ou non.

-L'Albanais va dire OK, il n'a pas le choix. C'est le scénario pour les opinions publiques. Notre intervention doit rester secrète. L'Albanie déclarera qu'une usine chimique de type Sévéso à explosé. Un malheureux accident.

Nous organiserons une marche blanche pour les victimes, nous allumerons des bougies, déposerons des Teddy Bear, des fleurs...

Rien que pour le merchandising il y a du fric à se faire pour des débrouillards. Nous ne serons pas cités, et Apophis non plus. Le monde continuera de tourner comme si de rien était. Business as usual.

-Alors, tout baigne, dit Bill.
Sam vérifiant qu'il n'était pas écouté par des oreilles étrangères :

-Il y a eu ce matin un changement de stratégie. J'en apprenais les consignes juste avant votre arrivée. Nos dirigeants du monde libre, conscient que la surpopulation de la planète nous conduit au désastre, ont modifié les plans. La situation est idéale pour ramener la population mondiale à un chiffre supportable pour notre terre.

Nous allons prendre le contrôle des logiciels et des calculateurs des barbus, faisant croire à la déviation de trajectoire d'Apophis.

-Cela servira à quoi ? si cette nouvelle trajectoire n'est connue de personne.

-Justement, si les gouvernements annoncent la chose, les peuples crieront à la manipulation. Le but est de faire sortir cette information par des filières underground, des écolos, nos idiots utiles de toujours, des leaders écoliers à l'ego démesuré qui lanceront des pétitions, des manifestations pour contraindre, de leur naïf point de vue, nos gouvernants à dire enfin la vérité... Celle qui nous arrange. Dans un deuxième temps nous amènerons une grande partie de la population à accepter son suicide, voire à l'exiger, pour s'épargner d'atroces souffrances. Des campagnes d'images terribles sur les effets de la collision seront libérées sur le net. Les spots sont en tournage dans le Nevada, sous couverture d'un film de science-fiction. Une fois les clips en boîte, sous prétexte d'une saison 2 à Porto Rico... Tous les participants, acteurs et techniciens trouveront la mort dans le crash de leur Boeing 737-800 en partant tourner des extérieurs... Le 737-800 sera modifié en drone, pas de pilote à bord, le gus serait capable de vouloir jouer les héros et poser l'avion.

Encore un coup du triangle des Bermudes...
Personne ne parlera, le secret parti avec eux dans la tombe.

Apophis: 23 avril 2029

16

George prenait son breakfast au Casey's Coffee du 508 23rd Street, à deux pas de E street et de la NASA. Il avait commandé un Bagel with Cream Cheese à 2,95 $, ce petit gâteau en anneau. Ses origines remontent au moins au début du 17 éme siècle. Dans la communauté juive polonaise de Cracovie, il était offert aux femmes venant d'accoucher.

George finissait tranquillement de mastiquer, en jeta un petit bout à Clinton couché à ses pieds. Le chien le regarda, regarda le morceau de bagel, pensant :

-George ramollit de la cafetière, voilà qu'il me prend pour une parturiente.

Vexé il laissa le morceau à l'appétit des fourmis.

George rêvassait, dans ses songes il vit Rebeca prendre petit à petit les traits et la plastique de Cleophee. C'est un signe fort se dit-il. C'est fou le pouvoir hallucinogène des bagels. Il eut soudain une irrésistible envie de revoir Cleophee. Même les Dieux des songes le suggéraient.

Sortant du Casey's Coffee il descendit la rue, tourna à gauche sur E street, en moins de temps qu'il ne faut pour le dire, il se trouva devant la porte grise entre le 269 et le 271. Il était si pressé, il avait marché si vite, Clinton avait le cou endolori, la laisse tirant trop fort sur le collier.

George, depuis qu'il l'avait rencontrée pensait à elle tous les jours. Surtout le soir lorsqu'il se trouvait à vivre le routinier avec Rebeca. C'est dans ces moments que l'envie se faisait plus pressante.

Devant la porte grise, George refit le coup de la preuve par neuf. La magie opéra une nouvelle fois. Il fut projeté dans cet univers parallèle. C'était ici le 17 mai 2029.

Les rues étaient pratiquement désertes. Tous ceux qui n'avaient pas eu de places dans les abris avaient dû avaler leurs comprimés de cyanure. La ville respirait le calme et le silence. George se dirigea vers une borne d'information, il voulait se mettre à jour, pour faire moins extraterrestre. Déjà sa tenue dénotait, le pagnetalon d'Al était devenu tendance, hommes et femmes le portaient sans distinction. Une seule couleur semblait accessible, le noir. George reconnu la borne qui lui avait déjà annoncé la date de sa mort. Il l'interrogea :

-La population mondiale avait été ramenée à huit-cents millions de bonshommes et bonnes-femmes après une vague de suicides induits par des fakes-news diffusées par des irresponsables, débitait la borne.

Le pagnetalon sera, à partir du premier janvier 2030, le seul vêtement admis par la nouvelle religion. Les lois anciennes sont abolies, celles des prophètes s'imposent à tous. Le port de la carte des prières obligatoires et des actes d'apprentissage des nouvelles lois se porte au cou, elle doit être visible des caméras de police civique, c'est ce déclarait aussi la borne.

George savait déjà que la nouvelle de l'impact avec Apophis était fausse. Son groupe avait tenté de l'utiliser pour la reconquête de leur territoire. Après la destruction de la base au nord de l'Albanie, les données concernant le géocroiseur auraient dû redevenir réelles. Les populations informées que l'alerte n'était qu'une fake-news n'auraient pas dû s'inquiéter.

Apophis: 23 avril 2029

Il se dirigea vers le 800 4th Street, son ancien appartement où l'avait remplacé Cleophee. Il sonna, il sentit qu'on l'observait. Surprise de le voir revenu, Cleophee lui ouvrit sa porte. Après de chaleureuses retrouvailles, étonnée de la voir vivante, curieux de savoir, il l'interrogea sur ce qui s'était passé, parce que, après tout il s'agissait de pouvoir choisir son avenir à lui. Rester dans le rêve ou partir dans la réalité.

Elle, qui n'avait pas gagné de place dans un abri, elle était encore en vie, grâce à un curieux concours de circonstances. Elle lui conta son étonnante histoire.

-Comme prévu Apophis était passé le 13 avril dernier. Sans s'écraser sur terre comme annoncé. Sans s'arrêter pour dire bonjour, même pas un petit coucou. Les autorités n'avaient rien dit. Elles avaient laissé croire à la collision inéluctable, sous la pression des lobbies écologistes de tous poils. Le 12 avril 2029, pour célébrer dignement notre dernier soir, avec une amie, nous avons trouvé une bouteille d'un vieux cognac de France. Un « hors d'âge grande champagne » indiquait l'étiquette. Nous l'avons bu jusqu'à la dernière goutte. Nous sommes toutes les deux parties dans un coma éthylique. Avec Dana, mon amie, nous nous sommes réveillées le 15 avril à midi, un mal de crâne terrible, mais vivantes.

-As-tu des nouvelles de John et de Ray, ces gus que je t'avais désignés, croisés lors de ma dernière visite.

-Aucune, je ne sais pas, je ne les ai pas revus depuis.

Puis elle lui expliqua que pour les gens ordinaires la vie devenait plus dure, un retour en arrière pour beaucoup de choses, les nouveaux équilibres n'étant pas encore trouvés, les robots pas toujours aussi compréhensifs que les humains de l'époque ancienne, qu'ils remplaçaient. Leur logiciel d'empathie pas encore performant. Elle lui parla aussi du changement radical au niveau de la gouvernance mondiale. Les patrons des grosses sociétés du numérique et des logiciels avaient fondé une entité, la MAGAF puis avaient renversé les chefs d'États survivants pour former une gouvernance mondiale régissant toute la planète.

Ils venaient de rendre salubre l'Afrique, en exterminant tout ce qui était vivant jusqu'au plus petit virus, la moindre bactérie. Ils y avaient installé leurs laboratoires. Ils avaient annoncé la naissance de l'homme 2.0 sur les rivages de l'Afrique de l'est. Ils repeuplaient le continent avec leurs nouveaux hommes, des animaux et des plantes créés dans leurs laboratoires de génétique. Ils avaient aussi synthétisé ce qu'ils nomment les bonnes bactéries et les bons virus. Le continent entier avait été déclarer zone secret défense. Le bruit circulait qu'ensuite ils s'attaqueraient à l'Asie.

George se demanda s'il n'allait pas rester vivre dans cet univers en compagnie de Cleophee qui avait besoin de protection. Elle semblait aussi apprécier sa présence.
Il hésita.

Sa mission, ses engagements avec les peuples autochtones furent plus forts. Ses amis des Amériques et d'Australie croyant appartenir à la terre avaient fait confiance à cette dernière pour prendre soin de leur vie. Ils avaient eu raison. Ils avaient maintenant l'opportunité de lancer leur reconquête avant que l'ennemi ait créé trop d'hommes 2.0. Ensuite, en position de force ils demanderont un Yalta. Ils se partageront le monde. Les Amériques et l'Australie pour les peuples aborigènes. Il y aura deux blocs, un rideau de fer, une compétition... Putain tout va recommencer... La seule solution, un seul monde, il est nécessaire de gagner.

Les larmes aux yeux il embrassa Cleophee. Lui expliqua ses raisons, lui fit ses adieux, la quitta la démarche hésitante. Ses pas le conduisirent derrière la porte grise... Vibration.

Clinton l'attendait, voyant sa tête, sa détermination, il se dit en langage chien :
-putain ça va barder !

Apophis: 23 avril 2029

Bouquins du même gus :

Alain René Poirier

Disponibles Amazon, Fnac.....
Tapez Alain René Poirier sur Google

Editions Books on Demand

"En marche vers la décrépitude (tome 1)"
"De Vegas à Bakersfield"
"2047 Les Prophéties"
« Souvenirs mélangés d'un parisien malgré lui »
"Baltimore Hécatombes"
"Le Bœuf, le crabe et les vers de terre"
"New York Bagatelles"
"Vivre en 2084... OH Putain"
"All my Worst Seller Tome 1"
"Dieu créa le monde en écoutant les Rolling Stones"
"Quand Passent Les Pibales"
" Anarchie Sexe Meurtres et Rock'n Roll"

Editions Edilivre

"Un plus un ne font pas deux"

American Best Seller